KB178699

일등 로또 공략법

여 설 화

지성문화사

이끄는 글

나는 오래전부터 수리학(數理學)에 깊은 관심을 가져왔다. 이렇다 보니 양(洋)의 동서를 떠나 수리 및 음양학 서적을 탐독했으며 수리가 지닌 불가사의한 베일을 벗기려고 긴 밤을 샌 게 한두 번이 아니었다. 그래서 나에게는 몇 가지 재미있는 명칭이 붙었다.

〈한학자〉, 〈수리학자〉, 〈고전문학자〉 등등이다. 물론 이외에도 밝히기 난감한 이력이 없는 것은 아니지만 그것은 신문 연재를 7년을 했기에 붙여진 것이지만 그런 얘긴 이쯤해서 접는 게 좋을 것 같다. 나는 오래 전에 제갈공명이 세상을 향해 그물을 친 〈팔진도〉의 묘미에 빠져든 적이 있었다. 「삼국지」를 읽은 독자라면 책의 내용을 짐작할 것이지만, 일단 진법에 갇히면 바람이 일어나고 사나운 돌멩이가 날리는 가운데 공포가 찾아온다는 것이다.

역사가 진수(陳壽)는 〈팔진도〉의 비밀을 얼마든지 증명할 수 있다고 했다.

그것은 〈태을신수〉와 〈육임〉과 〈기문둔갑〉이라는 것이면 가능하다는 것이다. 그런데 항주 사람 나관중이라는 재담꾼이 이것을 그럴듯한 문맥의 소설로 꾸미는 바람에 진위 여부가 불투명해져 버렸다. 그렇기 때문에 그것을 굳이 증명한다는 것에 흥미가 반감되었다. 이를테면 김빠진 맥주가 된 셈이다.

「일등 로또 공략법」이 책의 제목이다. 복권이라는 것, 특히 로또 6/45는 수리 게임이다. 생각하기에 따라서는 아주 단순한 것, 이를테면 접시 안에 든 한 송이 포도 줄기에서 6알을 골라먹는 것으로 생각할 수 있다. 그러나 실상은 그렇게 간단한 것이 아니다.

한 번이라도 로또 6/45 게임에 도전한 사람은 느끼겠지만, 이 게임은 815만분의 1이라는 대단한 확률에 도전해야 한다.

이러한 도전에서 승리를 낚으려면 다음의 명제를 해결해야 한다. 즉,

첫째, 어떤 숫자를 선택해야 할 것인가?

둘째, 왜 그 숫자를 선택해야 하는가?

셋째, 왜 나는 당첨이 안됐는데 그 사람은 됐는가?

넷째, 어떻게 해야 당첨될 수 있는가?

이러한 명제를 전제로 하여, 전 세계의 석학들이 풀어놓은 고도의 로또 방정식을 비롯해 대만의 전문가들이 전해주는 비법을 소개하고자 한다. 아무쪼록 독자 제위에게 좋은 결과가 있기를 바라는 바이다.

여설하 識

차례

제5장 / 운명의 수와 로또

제6장 / 이런 조합을 제거하라

제7장 / 당첨 숫자 종합 검진 대책

제8장 / 87%의 확률에 도전하라

제9장 / 초보자가 범하기 쉬운 배팅법

제10장 / 중급자의 배팅 법

제11장 / 이기는 배팅과 지는 배팅

제12장 / 대박이 터지는 공식

제13장 13%의 마술, 로또 6/45 2011년의 로또 게임

제1장
한국의 복권과 로또

1. 복권(福券 ; lottery)에 대하여

복권이란 국가 또는 공공기관이 번호를 기입하였거나 어떤 표시를 해놓은 표다. 이 표를 팔아 추첨 과정 등을 통해 당첨된 표에 대해서는 표의 값보다 훨씬 많은 배당금을 주는 번호표(제비)를 가리킨다. 당첨된 사람만이 큰 배당을 받으므로 구매자 사이의 분배에는 당연히 불평등이 따른다. 이러한 복권의 효시(嚆矢)는 고대 로마 시대로 거슬러 올라간다. 고대 로마의 초대 황제 아우구스투스Augustus가 로마의 복구자금을 만들기 위해 연회를 열고 그곳에서 복권을 팔고 복금으로 노예나 집, 또는 배 등을 주었다.

네로Nero Claudius Caesar Augustus Germanicus가 로마를 건설할 때 자금을 조달하기 위하여 사용했다는 기록도 있다. 여기에서 한 걸음 더 나아가 보다 근대적인 복권의 형태는 1400년대에 네덜란드에서 시작되었으며, 1530년대에는 이탈리아의 피렌체 지방에서 세계 최초로 '토토'라 불리는 복권이 등장하여 오늘날 '로또 복권'의 효시가 되었다. 1500년대 이탈리아 제노바 공화국은 90명의 정치가 중에서 5명을 선택하였는데, 이에 착안하여 90개 숫자 중에서 5개를 추첨하는 로또 5/90게임이 복권으로 탄생하였다. 이것이 오늘날 전자식 복권의 일종인 로또lotto의 첫걸음인 셈이다.

2. 한국의 복권 그리고 연금식 복권

　복권이라는 말의 영문 표기는 로터리lottery다. 여기에서 lot 는 제비뽑기라는 의미지만 이외에도 추첨이나 운명, 상품, 경품 등의 다양한 뜻을 함축하고 있다. 사실 제비(lot)라는 말은 동양권에서는 다분히 주술적인 의미로 사용되었는데 그것이 점차 복권의 뜻으로 쓰이게 된 것이다.

　우리나라의 복권은 조선 후기의 작백계(作百契)나 산통계(算筒契)에서 유래를 찾을 수 있다. 산통계는 계원이 한 달에 한 번이나 또는 두 번 날을 정하여 일정한 곗돈을 낸 다음 통속에 계알을 넣고 추첨해 뽑힌 계원에게 많은 할증금을 준다. 여기에서 계금을 탄 사람은 다시 곗돈을 내지 않고 탈퇴하기도 하며 계를 탄 뒤에 나머지 기간 동안 계금을 불입하는 경우도 있다. 그러나 보다 근대적의미의 복권은 1945년 7월에 일본이 발행한 승찰(勝札)이다.

　일제는 그들의 통치권이 미치는 전 지역에 태평양 전쟁의 군수물자를 조달하기 위하여 한 장에 10원, 1등에 10만원을 하는 발행액 2억 원 규모의 복권을 판매하였다. 이것이 일제 강점기라는 것을 생각한다면 자의적인 복권은 아무래도 1948년 런던에서 열리는 제14회 올림픽 경기대회 경기 참가비를

마련하기 위하여 대한올림픽위원회KOC가 1947년 10월 올림픽 후원 권(100원짜리 140만장)을 발행한 것을 공식적인 효시로 볼 수 있다. 그후로 2년 뒤인 1949년, 재해대책자금조성을 위한 기금마련의 일환으로 후생복권이 발행되었고 1956년의 애국복권, 또 특수한 목적의 산림박람회복권이나 무역박람회복권 등이 있었다. 그러나 이러한 복권들은 한 결 같이 명이 짧았다는 것이다. 이후 1969년 9월 한국주택은행이 주택복권을 발행하면서 복권전성시대를 맞이하게 되었다.

1990년 9월에는 대전국제무역박람회가 기금조성을 목적으로 엑스포 복권을, 국민체육진흥공단이 체육진흥을 목적으로 체육 복권을 발행하면서 즉석식 복권발행이 시작되었다. 현재 주택복권을 비롯하여 찬스복권, 또또복권, 체육복권(월드컵복권), 기술복권, 슈퍼 더블복권, 슈퍼코리아 연합 복권 등이 발행되고 있다.

이밖에 중소기업을 진흥하기 위한 기업복권, 근로자의 복지증진을 위한 복지복권, 지역사회 개발을 위한 자치복권, 제주도 개발을 위한 관광복권, 산림환경 개선을 위한 녹색복권, 신용카드활성화를 위한 신용카드와 영수증복권 등 여러 형태의 다첨식 또는 추첨식 복권이 등장하였다.

이런 복권 시장에 이단아처럼 등장한 것이 2002년 12월 2일 출시된 로또다. 국민은행은 구매자가 직접 번호를 선택하는 온라인 연합 복권 로또를 출시하여 1천여 개의 국민은행 지점을 비롯해 복권방이나 편의점, 이동통신 대리점, 슈퍼, 음

반판매점, 대형서점, 극장 등 전국적으로 5천여 개의 로또 지점망을 가동시켰다.

　로또 슬립으로 1만원까지 구입할 수 있으며 1매 가격은 2천원, 한도액은 10만원이다. 로또의 당첨자 추첨은 이렇다. 먼저 1부터 45까지의 숫자가 적힌 45개의 추첨 볼을 추첨기인 프리뷰 랙preview-rack에 삽입한다. 추첨 도우미가 리모트 컨트롤의 시작 버튼을 누르면 프리뷰 랙에 있던 추첨 볼들이 혼합구 안으로 떨어진다. 이렇게 떨어진 볼들은 혼합구 안에서 골고루 섞이다가 당첨 볼 7개(당첨 볼 6개에 보너스 1개)가 추첨기의 레일을 통해 당첨 볼 전시대에 놓인다. 가장 나중에 나오는 볼이 보너스 볼이다.

　로또추첨기는 미국의 스마트플레이사가 만든 것으로 투명한 원통으로 된 혼합기 바닥에 회전판이 있다. 단단한 고무재질로 78g의 볼 45개가 사용된다. 이 추첨기는 1999년 영국에서 첫 선을 보인 후 지금까지 우수한 성능을 인정받고 있다.

♣ 당첨사례

　우리나라의 로또 복권의 첫 번째 1등 당첨자는 출시한지 2주 만에 2회 차로 당첨됐다. 잭팟의 주인공은 인천시 부평구의 회사원 조 모 씨(36세). 그는 자신과 아내의 생일과 나이, 그리고 주민등록 뒷자리를 조합하여 당첨됐다. 당첨금액은 지난주에 이월된 8억6천 여 만원과 이번 주 판매에 따라 결정된 11억 4천만 원이 플러스 되어 20억 2백만 6천8백 원이었다. 2회에서 조 모 씨가 선택한 숫자는 09, 13, 21, 25, 32, 42였다. 2회 차에서 2등은 2명이 나왔는데 상금은 9,486만 6,800원이고, 5개를 맞춘 3등은 103명(당첨금은 1,842,000원), 4개를 맞춘 4등은 3,763명(당첨금은 100,800원), 3개를 맞힌 5등은 55,480(상금은 1만원)명이었다. 그런데 여기에서 뽑힌 숫자와 배팅한 숫자를 종합해 보면 흥미로운 점이 발견된다. 1회 차에서 2등(5개에 보너스 숫자 적중)은 1명이었고, 3등(5개 적중)은 28명, 4등(4개 적중)은 2,537명, 5등(1만원으로 3개 적중)은 40,1555명이었다. 가장 많이 뽑힌 숫자 조합은 01, 09, 17, 25, 33, 41이었는데 이것은 로또 슬립의 대각선상의 숫자를 표기한 것으로 무려 15,825명이 선택한 것이다. 이 번호는 2회 차에서도 가장 많이 뽑혀 12,569명이나 되었다는 통계 자료가 나왔다. 만약 이런 조합으로 당첨 되었다면 1등에 당첨되는 행운을 맞이하고서도 실제 당첨금은 159,280원 밖에는 되지 않는다는 것을 잊지 않아야 한다. 그런가 하면 발매와 동시에 인기를 끈 '연금복권520'도 복권으로 떠오른다. 지난 2011년 7월 6일 7시 40분에 1호차 당첨자를 낸 연금복권은 20년간 500만원씩 연금 방식으로 당첨금을 받게 된다. 이런 점 때문에 '연금복권 520'의 인기는 당초 예상을 넘어서고 있다. 연금 식 복권은 1조에서 7조까지 한조 당 90만장씩 총 630만장을 발매했는데 온라인 전자복권 사이트에 배정된 35만장은 당첨일 전날인 5일 매진됐다. 복권방 등 오프라인 매장에 배정된 595만 장도 구하기 어려워 1회 차 당첨일이 되지 않은 상태에서 2회 이후의 복권을 판매하는 상황이 벌어졌다. 예상을 뛰어넘는 연금복권의 인기에 대해 한국연합 복권관계자는,

"지금까지 볼 수 없었던 당첨금 지급방식이 4~50대 주부의 안정적 삶과 노후를 생각하는 대책마련에 있기 때문이다."

라는 것과 부합되기 때문이다. 그렇기에 연금식복권이 품귀현상이 벌어진 것이라고 분석했다. 한 네티즌은 연금복권 520의 가치는 '4억 원 이하'라고 지적한다. 1등이 500만원씩 20년 동안 12억 원을 받는다는 발표와는 달리 물가상승률을 감안하면 20년 후에 500만원의 가치는 현저히 떨어진다는 것이다. 세금과 물가상승률 등을 감안하면 실제 가치는 4억 원 수준일 것이라는 설명이다.

3. 세계는 지금 로또 열풍

로또의 묘미는 행운의 숫자를 자신이 직접 고르는 데 있다. 외국의 자료에 의하면 당첨자는 자신을 비롯하여 가족의 생일이나 나이, 결혼기념일 등을 조합하거나 자신이 좋아하는 특별한 숫자로 수백억 원의 돈벼락을 터뜨리기도 한다.

로또는 기존의 복권과는 달리 구매자가 온라인 단말기를 통하여 여섯 자리 숫자를 선택하면 된다. 구입하는 방법은 구매자가 판매점에 비치된 OMR카드(로또 슬립)에 여섯 개의 숫자를 기입하여 단말기에 넣으면 구매자가 선택한 번호는 전용망을 따라 중앙컴퓨터로 전송된다. 구매자는 자기가 선택한 번호가 찍힌 영수증을 받아 추첨 일까지 보관하면 된다.

만약 복권 금액이 3백억 원 정도 팔렸다면 잭팟(1등 상금)은 얼마나 될까? 국민은행 자료에 의하면, 이것은 정해진 5등 당첨자 수에 따라 달라지지만 대략 70억 원 상당이다. 물론 이월된 금액이 50억 원이 있다면 당연히 120억 원이 지급된다.

1등 당첨금액은 여섯 개의 숫자를 모두 맞히면 매출액의 50%인 총 당첨 금액 가운데 5등 당첨금액을 제외한 60%를 지급한다. 매출액이 3백억 원이라면 이중 150억 원이 총 당첨금액이 되는데 5등 당첨자(3개의 숫자가 일치한 경우)가 33만 명이라면 1인당 1만원씩 33억 원이 지불된다. 따라서 남은 117억의 60%인 70억 원 정도가 1등 당첨금이 되는 것이다. 2등과 3등은 나머지 10%인 11억 7천만 원이 각각 돌아간다.

♠ 영국의 브리티시 로또

영국에서는 로또가 1994년에 발행되었다. 초창기에는 단순한 게임방법으로 이용되었으나 지금은 다양한 게임을 선보여 90년대 초반까지 복권시장을 이끌던 체육 복권을 따돌리고 독보적으로 인기를 누리고 있다.

영국에서의 로또는 국영 Nation Lottery에서 공공기금을 마련하기 위해 발행되는 데 TV 등의 매스컴에 공익성의 홍보를 통하여 프로그램을 조정하였기 때문에 조기정착에 성공을 거두었다. 지금은 복권추첨이 TV쇼와 병행하고 있으므로 최고의 인기프로로 손을 꼽는 것은 복권의 사회적 거부감이 오래 전에 제거되었기 때문이다.

영국은 우리나라와는 달리 1개의 발행기관에서 복권발행을 주관하고 있으며 로또의 성공이 급물살을 타자 다른 부처에서도 추가발행을 요구하지만 전혀 검토되지 않고 있다.

영국의 2001년도 총매출액은 8조7779억 원이다. 이것은 1사람당 평균 구매 액이 146달러(21만4천원)이며 한국의 총매출액(7112억 원), 연 평균 구매 액 13달러(1만5천6백 원)의 열두 배 수준이다.

〈게임 1〉 로또

영국에서의 로또 게임 방식은 1에서 49까지의 숫자 가운데 6개를 선택하는 6/49 게임이다. 6개를 모두 맞히면 잭팟이며 기본 당첨금은 200만 파운드(약 40억 원)다. 5개의 숫자와 보너스 볼을 맞히면 2등(5/49+보너스 볼)이며 5만 파운드(약 1억 원) 내외의 상금이 돌아간다. 또한 5개의 숫자를 맞히면 3등(5/49)이며 2천 파운드(약 4만 원 정도)가 돌아간다.

현장에 있는 플레이 슬립으로 7회의 게임이 가능하다. 한 번 숫자를 기입한 슬립으로 수요일, 토요일 추첨 또는 8주 연속의 추첨에 참가할 수 있다. 1매의 가격은 1파운드(약 2천 원)이다.

게임은 01에서 49까지의 숫자 중에서 6개를 선택하여 표시한다. 또는 '럭키 딥'에 체크하면 숫자가 자동으로 선택된다. 다음으로는 추첨 일을 선택한다. 슬립의 맨 아래에 수요일과 토요일 추첨이 있다. 또는 둘 다 선택할 수 있다. 이렇게 하면 금액은 2회분이 된다.

〈게임 2〉 로또 엑스트라

로또 게임에서 탈락되더라도 한 번 기회를 엿볼 수 있는 것이 엑스트라 게임이다. 로또처럼 1부터 49까지의 숫자 가운데 6개를 선택하는 6/49 방식으로 하위당첨금은 없고 모두 맞힌 잭팟에게만 당첨금이 돌아간다. 기본 당첨금은 100만 파운드(약 20억원)으로 1매 가격은 1파운드(2천원)이다.

게임방법은 로또와 동일한 플레이 슬립을 이용한다. 숫자 표시도 동일하며 엑스트라 게임의 참여 표시는 슬립의 하단 노란색 표시의 로또 엑스트라 same number 표시에 체크하면 된다. 물론 이 경우에도 '럭키 딥'을 체크하면 번호를 자동 선택할 수 있다.

〈게임 3〉 선더 볼

01부터 34 사이의 5개의 숫자와 01부터 14 사이에서 1개의 선더 볼을 선택하여 추첨으로 가린다. 이 게임은 99년 6월 시행하였는데 당첨 확률이 높아 중하위의 당첨을 바라는 사람들이 대거 몰리고 있다. 최고의 당첨금은 25만 파운드(약 5억원)이다.

♠ 미국의 로또

미국에서는 지난 1971에 재래의 추첨식 복권이 사라지고 뉴저지 주에서 컴퓨터 시스템을 기반으로 선을 보였다. 처음에는 1대의 컴퓨터와 6대의 판매인 터미널로 구성 되었다가 미국의 전 지역으로 확산되었다.

복권의 규모는 온라인 복권이 세계 시장의 60.7%를 차지하고 있다. 이 가운데 43%가 로또다. 미국에서는 1992년 루이지애나 주와 텍사스 주, 조지아 주에서 로또를 발행하기 시작하여 현재 38개 주에서 판매하고 있다.

〈게임 1〉 파워 볼(미국의 22개주)

미국의 연합 복권 회(MUSL)가 발행하는 파워 볼은 미국의 22개주가 공동으로 발행한다. 이것은 고액의 당첨자가 많이 배출되어 꿈의 복권으로 불린다. 이와 같은 연합 발행은 인구밀도가 적은 주까지 합세할 수 있는 이점이 있으므로 경비절감을 꾀할 수 있고, 반면에 당첨금은 크게 늘어가는 효과를 노리게 되었다. 추첨방법은 흰색 볼 49개 가운데 5개를 선택하고, 적색 볼 42개 중에서 1개를 추첨하는 '4/49+1/42(파워 볼)'게임이다. 당첨 상금은 일시불이나 25년 동안 분할하여 지급한다. 기본 배당금은 최저 1천만 달러(약 120억 원)이다. 파워 볼에 가맹하는 주는 애리조나, 콜로라도, 코네티컷, 워싱턴DC, 델라웨어, 인디애나, 아이다호, 아이오와, 캔자스, 켄터키, 루이지애나, 미저리, 몬태나, 네브래스카, 뉴햄프셔, 뉴멕시코, 로드아일랜드, 오리곤, 사우드 다코다, 위스콘신, 웨스트버지니아 등이다.

♣ 당첨사례

태미예와 쿠왕트랜은 여인 사이다. 그들이 지난 8월 7일 로또 추첨식에서 3천3백만 달러짜리 잭팟을 차지하였다. 그런데 묘한 것은 이들에게 행운을 가져다 준 복권은 잘못 샀기 때문에 당첨이 된 기묘한 사연이 있다. 이날 두 사람은 식당에 점심을 먹던 중 우연히 복권 대에 눈이 가게 되었다.

"테미, 오늘 따라 기분이 무척 좋거든. 게다가 좋은 꿈을 꾸었어. 이런 날엔 복권을 사야 되는 것 아냐?"

트랜은 주머니를 뒤졌다. 있는 것은 고작 6달러. 트랜은 새로 출시되어 인기를 얻고 있는 '메가 밀리언 로또 복권'을 구입했다. 그것을 태미와 나누려 했으나 1장이 다른 복권으로 바뀌어 있었다. 발음이 정확하지 않은 탓에 판매인은 1장을 메가 밀리언이 아닌 뉴욕 복권으로 단말기에 찍어준 것이다. 그런데 잭팟이 터졌다.

"사실 당첨금이 얼마인지도 몰랐어요. 다음달 21일이 우리가 첫 데이트를 한 지 1년이 되기 때문에 몇 백 달러라도 생겼으면 하는 생각에 복권을 샀는데 당첨됐거든요."

두 사람은 다른 지역에서 생활하고 있었다. 태미는 뉴욕 맨해튼에 트랜은 뉴저지에 숙소가 있으므로 주말이면 서로 오가며 만나는 중이었다. 이들의 당첨 번호는 02, 15, 23, 39, 54, 56이었다.

〈게임 2〉 메가 밀리언즈(미국의 9개주)

파워 볼에 대응하여 비교적 인구가 많은 조지아, 일리노이 주 등이 연합하여 발행하는 로또다. 게임 방식은 52개의 숫자에서 5개의 화이트 볼, 52개의 숫자에서 1개의 메가 볼을 선택하여 추첨으로 당첨자를 가린다. 당첨 확률은 1억분의 1이 넘는 것으로 내다보는데 기본 당첨금은 1천만 달러. 참가가 맹주는 조지아, 일리노이, 메릴랜드, 매사추세츠, 미시간, 뉴저지, 버지니아, 뉴욕, 오하이오 등이다.

♣ 당첨사례

제임스 크레스먼(59) 씨는 37년 동안 우편배달부 생활을 해 왔다. 그는 뉴욕 용커스 시에서 벗어난 생활을 해보지 않은 채 오랜 시간을 보내왔는데 그에게 유일한 즐거움은 골프였 다. 그런 그가 복권이 당첨된 것을 알고도 친구들과 골프를 치러갔다. 안주머니에는 1천8백만 달러짜리의 당첨된 복권이 있었다. 항상 바늘과 실처럼 붙어 다니던 친구들을 향해 크레 스먼 씨는 말했다.

"어이, 자네들 백만장자와 골프를 쳐 봤어?"

"이 사람아. 무슨 재간으로 우리가 백만장자와 골프를 쳐."

"그럼 오늘 소원을 풀어 줄게. 자네들은 오늘 백만장자와 골프를 쳤잖아!"

크레스먼 씨는 안주머니에서 어리둥절해 하는 친구들을 향 해 당첨된 복권을 흔들었다. 1천8백만 달러. 그들은 읍내 맥 주 집으로 달려가 흑맥주가 동이 날 때까지 마셨다. 그는 록 우드 93번가 식품점에서 복권을 구입했으며 당첨번호는 단말 기가 자동적으로 찍어준 02, 15, 20, 24, 48, 53이었다.

〈게임 3〉 뉴욕 로또

캘리포니아를 비롯하여 텍사스 주와 함께 복권의 매출규모
가 가장 크다. 게임 방식은 1에서 59의 수에서 6개를 선택하
는 6/59 게임이다. 게임 당첨 확률은 45,057,474분의 1이며 기
본당첨금은 1천2백만 달러. 당첨자가 없을 때는 무제한으로
이월된다.

〈게임 4〉 슈퍼로또 플러스(캘리포니아)

캘리포니아가 독자적으로 시행하는 로또게임이다. 이곳은
미국에서 가장 인구가 많다. 그래서인지 5천만 달러 이상의
잭팟이 종종 터지는 것으로 흥미가 높다. 기본 당첨금은 7백
만 달러이며 당첨 확률은 41,416,353분의 1이다.
　게임방식은 1에서 47까지에서 5개를 고르고, 다시 1에서 27
까지의 숫자 중에서 1개를 취하는 5/47+1/27 게임이다. 당첨
자가 없을 때엔 무제한으로 이월된다.

♣ 당첨사례

매뉴얼 레이즈. 이 사람은 평생을 제빵공장에서 빵을 만들었다. 그는 멕시코 이민 출신으로 멕시코 식 옥수수 빵 토르티아 제빵 공장에서 기술자 겸 작업반장으로 일을 하고 있었다. 그러던 그가 지난 6월 8일 로또 추첨에서 잭팟을 터뜨리며 2천4백만 달러(약 288억 원)의 행운을 차지한 것이다.

"모든 게 꿈만 같습니다. 제발 이게 꿈이 아니기를 바랬죠. 그날은 야근 조였거든요. 그 전날 회사에서 한 블록 떨어진 가게에서 샀던 로또 복권을 사무실에서 맞춰보았는데 6자리 모두가 일치했습니다. 한동안 제 눈을 의심했어요."

당장 집으로 달려오고 싶었지만 야근 조였기 때문에 아침 7시가 넘어서야 돌아왔다. 그는 자는 아들을 깨웠다. 그리고 복권을 내놓으며 그것이 맞는지를 보라고 했다. 잠결에 눈을 비비고 일어난 아들이 번호를 맞춰보다 뒤로 나자빠졌다.

"아빠, 이거 모두 맞아요. 잭팟이에요!"

이것은 이국땅에서 오로지 가족만을 생각하며 묵묵히 생활해온 메뉴엘 레이즈 씨에게 내린 축복이었다.

행운의 번호는 06, 26, 35, 50, 52였으며 당첨금은 1190만 달러(약 130억 원)였다.

♠ 호주의 파워 볼(NSW주)

　호주의 주요 도시가 포함된 NSW주가 발행하는 국립복권의 하나다. OZ 로또와 함께 호주에서 가장 인기를 끌고 있다. 당첨자가 나오지 않으면 무제한 이월되는데 평균적으로 잭팟이 터지는 것은 1천5백만 달러에서 2천만 달러다.

　미국의 파워 볼과 유사하다. 1에서 45개 가운데 5개와 다시 1에서 45개 가운데 1개를 선택하여 추첨으로 당첨자를 가린다. 게임방식은 5/45+1/45이다. 당첨 확률은 1/9,163,193이다.

♠ 캐나다 온타리오

　캐나다는 온타리오 로터리가 주관하고 있다. 1982년 이래 꾸준한 시장세를 보이며 성장하고 있다. 1에서 49까지의 숫자 중에서 6개를 맞추는 데 매주 수요일과 토요일의 두 차례에 걸쳐 추첨한다. 당첨자가 나오지 않으면 무제한 이월된다.

♠ 타이완 로또

　타이완은 로또 선풍이 뜨겁다. 이제까지 즉석식 복권만을 판매하여 왔으나 추첨식을 거치지 않고 바로 로또를 도입하여 성공을 거두고 있다. 01에서 42 중에 6개를 맞히면 잭팟이며, 2등을 결정할 때에 보너스 숫자도 추첨한다. 당첨 확률이 높고 정부의 복권사업 정착을 위한 지원으로 성공을 거두고 있다. 잭팟 상금은 보통 50억 원에서 1백억 원으로 쪽 1매의 가격은 2천원이다.

　타이완에서 로또의 인기가 높은 것은 시민들의 성숙한 의식 때문이다. 그것은 정부에서 공익기금 조성을 복권의 순기능으로 효과 있게 표현한 때문이다. 그러므로 당첨이 안됐다고 해도 그것을 기부하였다는 느낌을 받기 때문에 손해라는 생각을 갖지 않는다. 로또 판매 금액의 31%가 각종 공익기금으로 사용되어 자선사업을 펼치기 때문이다.

제2장
배팅의 기본 요령

1. 6개의 연속된 숫자 조합은 피하라

　본장에서는 이미 발표된 바 있는 로또 복권의 배팅 방법에 대한 분석을 해보기로 한다. 우리나라에 도입한 로또는 6/45 게임이다. 1부터 45까지의 숫자 중에서 6개를 고르는 것으로, 당첨 확률은 대략 815만분의 1이다. 이렇듯 엄청난 확률이다 보니 정상적인 당첨은 1게임에 2천원이므로 2천원×815=163억 원이 드는 셈이다. 이렇듯 엄청난 확률 게임에서 승기를 잡으려면 어떤 요령으로 대처해야 하는가를 살펴보자.

〈잘못된 배팅 1〉

1	2	3	4	5	6	7
8	9	10	11	12	13	14
15	16	17	18	19	20	21
22	23	24	25	26	27	28
29	30	31	32	33	34	35
36	37	38	39	40	41	42
43	44	45				

〈잘못된 배팅 2〉

1	2	3	4	5	6	7
8	9	10	11	12	13	14
15	16	17	18	19	20	21
22	23	24	25	26	27	28
29	30	31	32	33	34	35
36	37	38	39	40	41	42
43	44	45				

〈잘못된 배팅 3〉

1	2	3	4	5	6	7
8	9	10	11	12	13	14
15	16	17	18	19	20	21
22	23	24	25	26	27	28
29	30	31	32	33	34	35
36	37	38	39	40	41	42
43	44	45				

〈잘못된 배팅 4〉

1	2	3	4	5	6	7
8	9	10	11	12	13	14
15	16	17	18	19	20	21
22	23	24	25	26	27	28
29	30	31	32	33	34	35
36	37	38	39	40	41	42
43	44	45				

위의 예에서 보듯,

01-02-03-04-05-06이나 또는 11-12-13-14-15-16, 다른 방법으로는 01-08-15-22-29-36이나 01-09-17-25-33-41이나 07-13-19-25-31-37 등과 같은 조합의 배팅은 삼가야 한다.

2. 숫자로 모양을 만드는 것을 삼가라

아래의 그림처럼 특정한 모양이나 형태를 만드는 것은 삼가야 한다.

〈잘못된 배팅 1〉

1	2	3	4	5	6	7
8	9	10	11	12	13	14
15	16	17	18	19	20	21
22	23	24	25	26	27	28
29	30	31	32	33	34	35
36	37	38	39	40	41	42
43	44	45				

〈잘못된 배팅 2〉

1	2	3	4	5	6	7
8	9	10	11	12	13	14
15	16	17	18	19	20	21
22	23	24	25	26	27	28
29	30	31	32	33	34	35
36	37	38	39	40	41	42
43	44	45				

〈잘못된 배팅 3〉

1	2	3	4	5	6	7
8	9	10	11	12	13	14
15	16	17	18	19	20	21
22	23	24	25	26	27	28
29	30	31	32	33	34	35
36	37	38	39	40	41	42
43	44	45				

〈잘못된 배팅 4〉

1	2	3	4	5	6	7
8	9	10	11	12	13	14
15	16	17	18	19	20	21
22	23	24	25	26	27	28
29	30	31	32	33	34	35
36	37	38	39	40	41	42
43	44	45				

〈잘못된 배팅 5〉

1	2	3	4	5	6	7
8	9	10	11	12	13	14
15	16	17	18	19	20	21
22	23	24	25	26	27	28
29	30	31	32	33	34	35
36	37	38	39	40	41	42
43	44	45				

〈잘못된 배팅 6〉

1	2	3	4	5	6	7
8	9	10	11	12	13	14
15	16	17	18	19	20	21
22	23	24	25	26	27	28
29	30	31	32	33	34	35
36	37	38	39	40	41	42
43	44	45				

3. 배수가 되는 숫자 조합은 피하라

배수라는 것은 아래의 그림처럼 특정한 숫자의 배수로 조합하는 것을 가리킨다.

〈잘못된 배팅 1〉

1	2	3	4	5	6	7
8	9	10	11	12	13	14
15	16	17	18	19	20	21
22	23	24	25	26	27	28
29	30	31	32	33	34	35
36	37	38	39	40	41	42
43	44	45				

〈잘못된 배팅 2〉

1	2	3	4	5	6	7
8	9	10	11	12	13	14
15	16	17	18	19	20	21
22	23	24	25	26	27	28
29	30	31	32	33	34	35
36	37	38	39	40	41	42
43	44	45				

4. 6개의 숫자를 같은 십의 자리로 조합하지 말라

〈잘못된 배팅 1〉

1	2	3	4	5	6	7
8	9	10	11	12	13	14
15	16	17	18	19	20	21
22	23	24	25	26	27	28
29	30	31	32	33	34	35
36	37	38	39	40	41	42
43	44	45				

위의 경우처럼 조합하거나 또는 21-23-25-26-27-29 등으로
조합하는 것을 가리킨다. 이런 조합은 전 세계적으로 당첨된
적이 없으므로 당연히 피해야 한다.

5. 같은 끝자리의 조합은 삼가라

〈잘못된 배팅 1〉

1	2	3	4	5	6	7
8	9	10	11	12	13	14
15	16	17	18	19	20	21
22	23	24	25	26	27	28
29	30	31	32	33	34	35
36	37	38	39	40	41	42
43	44	45				

위의 경우처럼 배열하거나 또는 04-14-24-34-44-54 등으로 배열하는 것 등이다. 우리나라에서는 6/45 게임을 하기 때문에 45 이상의 수는 나오지 않지만, 이렇게 끝자리가 같은 숫자의 당첨 확률은 상당히 낮다. 4개의 끝자리 숫자가 당첨된 확률은 0.2%이고 3개가 같은 끝자리 숫자는 3%, 2개가 같은 끝자리 숫자는 2%이고 모두 다른 숫자는 75%나 되었다.

6. 낮은 숫자로만 조합하는 것을 삼가라

낮은 숫자로 조합하는 것도 물론 삼가야 한다. 그 이유는 이런 조합 비율이 높기 때문에 설령 1등에 당첨이 된다 해도 고작 십여만 원의 당첨금을 탈 수밖에 없기 때문이다. 즉, 이 조합은 아주 많은 사람들이 택하고 있다.

〈잘못된 배팅 1〉

1	2	3	4	5	6	7
8	9	10	11	12	13	14
15	16	17	18	19	20	21
22	23	24	25	26	27	28
29	30	31	32	33	34	35
36	37	38	39	40	41	42
43	44	45				

〈잘못된 배팅 2〉

1	2	3	4	5	6	7
8	9	10	11	12	13	14
15	16	17	18	19	20	21
22	23	24	25	26	27	28
29	30	31	32	33	34	35
36	37	38	39	40	41	42
43	44	45				

7. 아주 높은 수의 배합도 삼가라

〈잘못된 배팅 1〉

1	2	3	4	5	6	7
8	9	10	11	12	13	14
15	16	17	18	19	20	21
22	23	24	25	26	27	28
29	30	31	32	33	34	35
36	37	38	39	40	41	42
43	44	45				

이러한 배팅 역시 피하는 것이 좋다. 상당수의 사람들이 우선 간편하다는 생각에서 취하고 있는 것을 볼 수 있다. 설령 당첨된다고 해도 1등 당첨금은 고작 십여 만원에 불과하다는 것을 알아야 한다. 다음의 경우도 마찬가지다.

〈잘못된 배팅 2〉

1	2	3	4	5	6	7
8	9	10	11	12	13	14
15	16	17	18	19	20	21
22	23	24	25	26	27	28
29	30	31	32	33	34	35
36	37	38	39	40	41	42
43	44	45				

8. 과거에 당첨된 숫자 조합은 삼가라

로또 게임에서 특정한 숫자는 엄청난 확률을 가지고 있다. 예를 들어 '로또 6/45' 게임에서는 이미 나왔던 특정 숫자는 확률적으로 약 1/156635에 해당한다. 다시 말해 이미 나왔던 숫자가 다시 한 번 나오려면 156,635년을 기다려야 한다. 그러므로 기존의 당첨된 숫자조합은 피해야 한다.

9. 우리나라 사람들의 숫자 조합

우리나라 사람들의 로또 게임의 숫자 조합은 앞에 열거한 것처럼 첫째는 같은 배수의 조합, 둘째는 같은 번호의 끝자리 조합, 셋째는 연속된 번호 조합, 넷째는 대각선상의 조합, 다섯째는 같은 그룹의 조합, 여섯째는 가장 낮은 수의 조합, 일곱째는 가장 높은 수의 조합 등이다. 이것을 도표화시켜 한눈에 바라볼 수 만들면 다음과 같다.

〈우리나라 사람들의 배팅 선호도〉

1	2	3	4	5	6	7
8	9	10	11	12	13	14
15	16	17	18	19	20	21
22	23	24	25	26	27	28
29	30	31	32	33	34	35
36	37	38	39	40	41	42
43	44	45				

제1위는 01-09-17-25-33-41의 숫자 조합으로 로또 게임이 시행된 초기에는 15,825명이, 2회에는 12,569명이 선택하였다.

제2위는 07-13-19-25-31-37의 숫자 조합으로 1회에서는 12,744명이, 2회에서는 12,281명이 선택하였다.

제3위는 04-11-18-25-32-39의 숫자 조합으로 1회에서는 11,244명이, 2회에서는 12,080명이 선택하였다.

제4위는 07-14-21-28-35-42의 숫자 조합으로 1회에서는 8,513명이 2회에서는 9,617명이 선택하였다.

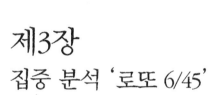

제3장
집중 분석 '로또 6/45'

1. 착각을 일으키는 로또 게임

지난 2002년 12월 7일의 로또 1차 추첨에서 당첨자가 없었다. 당연히 상금은 이월되면서 눈덩이처럼 불어났다. 본래는 5회까지 이월이 가능하도록 정한 규정이었지만, 나라 전체가 로또 열풍에 휩싸이면서 부랴부랴 2회로 횟수를 교정하여 1등 당첨자가 없을 때는 2등 당첨자들에게 돌아가도록 규정을 고치는 일까지 생겼다. 물론 과열 현상을 막으려는 고육책이다. 그래서인지 로또 게임에 대한 여러 유형의 사람들이 나타났다. 그야말로 한탕주의를 앞세운 어떤 사람은 3천만 원을 투자하여 로또에 도전했으나 대박은커녕 고작 30만원의 당첨금만 손에 넣었을 뿐이다.

병이 깊은 형제를 돕기 위해 건강한 형제들이 1백만 원의 자금을 투자하여 로또 게임에 도전했으나 결과는 실망스러웠다. 일확천금을 노리고 달려들었던 로또 게임의 열기가 가라앉으면서 게임을 했던 사람들은 자신들이 '착각 속에 빠졌었다'는 것을 깨닫기 시작했다.

왜 이런 착각이 일어나는가? 그것은 랭거의 통제착각 이론에 근거를 두고 있다. 번호가 인쇄되어 나오는 종전의 주택복권과는 달리 로또 게임은 자신이 직접 번호를 그러므로 '당첨

될 수 있다'는 착각 속에 빠지기 쉽기 때문이다. 어떤 사람은 1백 2십만 원의 봉급에서 30만원을 떼어내 복권을 샀는데 고작 5등(1만원) 1장만 당첨되는 허탈감을 맛보았다.

2. 위닝winning 숫자를 찾아라

'위닝 숫자'. 즉, '게임에 이기는 숫자'다. 세계 도처에서 행하고 있는 로또 게임에서 특이하게도 각각의 나라는, 그 나라만이 잘 나오는 숫자가 있다. 이른바 위닝winning 숫자다.

미국은 51과 42
호주는 27
한국은 25와 40, 그리고 42와 37이다.

사실상 어떤 나라든지 로또 볼이 나올 수 있는 확률은 같다. 그런데도 나라마다 잘 나오는 숫자가 따로 있는 것으로 나타난다. 이론적으로는 도저히 불가능할 것 같지만, 실제로는 기이하게도 이런 수들이 잘 떨어진다.

미국인들은 가장 좋아하는 숫자가 51이다. 그것은 지난해부터 지금까지 추첨에서 13회나 나타났으며, 32와 49가 12회, 10이 11회이다. 그런가하면 35는 지금까지 2회밖에는 나타나지 않고 있음을 알 수 있다.

그런가하면 호주의 NSW 로터리즈사가 시행하는 OZ로또에서는 27번 볼이 16회나 나왔다. 그 뒤로 3, 11, 39가 바짝 쫓고 있음을 알 수 있다.

이에 반하여 우리나라에서는 위닝 숫자가 25, 40, 42로 14회 합계 6회나 나왔다. 반면에 05, 18, 20, 28, 35, 43 등의 숫자는 깊숙이 웅크리고 있는 것이 상당히 이채로움을 발견할 수 있다.

3. 당첨결과 분석

회차	당첨 번호	보너스 볼	당첨 금액	당첨자	추첨일
제1회	10, 23, 29, 33, 37, 40	16	863,604,600	0	'02.12.07
제2회	09, 13, 21, 25, 32, 42	02	2,002,006,800	1	12.14
제3회	11, 16, 19, 21, 27, 31	30	2,000,000,000	1	12.21
제4회	14, 27, 30, 31, 40, 42	02	1,267,147,200	0	12.28
제5회	16, 24, 29, 40, 41, 42	03	3,041,094,900	0	'03.01.04
제6회	14, 15, 26, 27, 40, 42	34	6,574,451,700	1	01.11
제7회	02, 09, 16, 25, 26, 40	42	2,600,913,300	0	01.18
제8회	08, 19, 25, 34, 37, 39	09	7,336,896,000	0	01.25
제9회	02, 04, 16, 17, 36, 39	14	25,803,852,200	0	02.01
제10회	09, 25, 30, 33, 41, 44	06	83,595,692,700	13	02.08
제11회	01, 07, 36, 37, 41, 42	14	4,780,152,300	5	02.15
제12회	02, 11, 21, 25, 39, 45	44	1,348,845,700	12	02.22
제13회	22, 23, 25, 37, 38, 42	26	15,599,134,800	0	03.01
제14회	02, 06, 12, 31, 33, 40	15	9,375,048,300	4	03.08
제15회	03, 04, 16, 30, 31, 37	13	17,014,245,000	1	03.15
제16회	06, 07 24, 37, 38, 40	33	4,377,146,100	4	03.22
제17회	03, 04, 09, 17, 32, 37	01	5,349,491,200	3	03.29

〈설문 1〉 위의 표에 근거하여 17회까지의 홀짝 수를 분석하면 결과는?

(해설) 분석표의 표기는 다음의 기준에 의합니다. 예를 들어 제1회 게임의 경우, 당첨 번호는 〈10, 23, 29, 33, 37, 40+16〉이다. 여기에서 16의 숫자는 보너스 볼이기 때문에 계산하지 않는다. 1회 당첨 숫자의 경우는 〈짝, 홀, 홀, 홀, 홀, 짝〉이다. 그러므로 홀수는 4이며 짝수는 2이다. 이런 기준에 의해 '홀수와 짝수'를 산정하면 다음과 같이 표시할 수 있다.

제1회는 4(홀), 2(짝)

제2회는 4(홀), 2(짝)

제3회는 5(홀), 1(짝)

제4회는 2(홀), 4(짝)

제5회는 2(홀), 4(짝)

제6회는 2(홀), 4(짝)

제7회는 2(홀), 4(짝)

제8회는 4(홀), 2(짝)

제9회는 2(홀), 4(짝)

제10회는 4(홀), 2(짝)

제11회는 4(홀), 2(짝)

제12회는 5(홀), 1(짝)

제13회는 3(홀), 3(짝)

제14회는 2(홀), 4(짝)

제15회는 4(홀), 2(짝)

제16회는 2(홀), 4(짝)

제17회는 4(홀), 2(짝)

위의 홀짝수를 1회에서 17회까지 나온 횟수를 확률로 분석해보면 다음과 같다.

(1) 제1분석

홀수	짝수	나온 횟수	확률
0	6	0	0%

(2) 제2분석

홀수	짝수	나온 횟수	확률
1	5	0	0%

(3) 제3분석

홀수	짝수	나온 횟수	확률
2	4	7	41%

(4) 제4분석

홀수	짝수	나온 횟수	확률
3	3	1	5%

(5) 제5분석

홀수	짝수	나온 횟수	확률
4	2	7	41%

(6) 제6분석

홀수	짝수	나온 횟수	확률
5	1	1	5%

(7) 제7분석

홀수	짝수	나온 횟수	확률
6	6	0	0%

〈설문 2〉 1회에서 17회까지의 당첨 숫자를 백분율로 표시할 때에 차후의 로또 복권 배팅에 있어 홀짝의 배분을 어느 비율로 하는 것이 당첨 확률이 높은가?

(해설) 45개의 숫자 가운데 6개의 숫자로 만들 수 있는 조합은 총 8,145,060입니다. 여기에서 홀수와 짝수의 비율은 홀수가 전체의 1.2%이고 짝수는 0.9%이다. 짝수와 홀수를 합하면 2.1%에 불과하므로 도저히 당첨된다는 것은 생각할 수도 없어 보인다. 그러나 틈새가 있다. 위의 짝수와 홀수의 배분을 보면 2 : 4, 4 : 2 또는 3 : 3의 비율을 참조하여 로또 6/45 게임에 도전해 볼 수 있기 때문이다.

〈설문 3〉 로또 6/45 게임의 경우, 모든 변화를 백분율로 나타낸다면?

(해설) 홀짝 조합의 경우 모든 것을 백분율로 나타내면 다음과 같다.

홀수	짝수	경우의 수	백분율
0	6	100,947	1.2%
1	5	740,278	9.0%
2	4	2,045,505	25.1%
3	3	2,727,340	33.5%
4	2	1,850,695	22.7%
5	1	605,682	7.4%
6	0	74,613	0.9%
계	1	8,145,060	100.0%

이렇게 보면 홀짝의 비율이 4 : 2, 3 : 3, 2 : 4에 집중되어 있음을 알 수 있다. 그러므로 위의 백분율을 참조하여 배팅하는 것이 크게 이롭다.

〈설문 4〉 로또 6/45 게임에서 제17회까지의 당첨 번호를 분석할 때 '끝자리 수'의 분석은?

(해설) 1회에서 17회까지 당첨 번호 가운데 끝자리수의 조합을 분석하면 다음과 같다.

끝자리 수	당첨횟수	백분율
0	11	10%
1	13	12.7%
2	15	14.7%
3	8	0.78%
4	8	0.78%
5	8	
6	11	10%
7	14	13.7%
8	3	0.29%
9	11	10%

〈설문 5〉 끝자리 수는 31은 01, 22는 2, 30은 0이 끝자리수다. 로또 6/45에서 끝자리 수 분석이 필요한 이유는 무엇인가?

(해설) 끝자리 수는 다음과 같이 얘기할 수 있다. 예를 들어 1인 경우는 01, 11, 21, 31, 41의 5개다. 이것은 1에서 5까지는 5개씩 존재한다. 그러면 6부터 0까지는 몇 개씩 존재할까? 그것은 4개씩이다. 그렇다면 당첨 숫자 중에 몇 개씩 포함하는 경우를 제외시크는 것이 좋을까? 일단은 낮은 조합을 제외

시켜 나가는 것이 좋다. 이것은 좋은 끝자리수를 배합하기 위한 것이다.

〈설문 6〉 로또 게임에서 '숫자의 합'이란?

(해설) 예를 들면 로또 슬립에 '01, 02, 03, 04, 05, 06'을 표시하였다면 합의 범위는 21이다. 또 40, 41, 42, 43, 44, 45를 택하였다면 합의 범위는 255다. 그러나 이런 조합은 로또를 시행하는 외국에서는 한 번도 나타나지 않았다.

〈설문 7〉 숫자 범위를 분석하는 방법으로 당첨된 숫자의 합을 분석하면?

(해설) 로또를 시행하는 외국처럼 우리나라에서도 17회까지 오는 동안 어느 정도 형태를 나타내고 있다.

합의 범위	당첨 횟수	백분율
119이하	3	17.65%
120~180 사이	10	58.82%
181이상	4	23.53%
계	17	100%

〈설문 8〉 로또 6/45의 당첨 숫자의 빈도수는?

(해설) 당첨된 숫자의 빈도수는 다음과 같다.

숫자	나온수	숫자	나온수	숫자	나온수	숫자	나온수	숫자	나온수
1	1	10	1	19	2	28	0	37	7
2	4	11	2	20	0	29	2	38	2
3	2	12	1	21	3	30	3	39	3
4	3	13	1	22	1	31	4	40	7
5	0	14	2	23	2	32	2	41	3
6	2	15	1	24	2	33	3	42	6
7	2	16	5	25	6	34	1	43	0
8	1	17	2	26	2	35	0	44	1
9	4	18	0	27	3	36	2	45	1

제4장
두뇌 게임으로서의 로또

여기에서 말하는 로또를 두뇌 게임이라고 하는 것은 로또의 특성상 얼마든 지 수리조합이 가능하기 때문이다. 이를테면 사람이 '로또 6/45 게임'에 도전하여 당첨될 확률이 이미 어느 때인가로 정해져 있다면, 그 나머지 배팅은 총체적으로 당첨 확률을 놓고 분석해 가는 것이 가능하기 때문이다.

일본에서 로또 복권의 명인으로 알려진 후나츠 사카이(53) 씨는 지난 2001년 1월에 일본 로또 16회 차에서 2등에 당첨되어 당첨금 3,294만 엔(3억 3천만 원)을 받은 것을 시작으로 지난해 9월 109차까지 94주 동안 연속 당첨되는 진기록을 세웠다. 2등과 3등에 한 번씩 당첨되고 4등과 5등은 수를 헤아릴 수 없을 정도였다.

이렇듯 믿기지 않은 대기록을 수립한 사카이 씨는 17회 차 마감일인 29일 로또 10만원 어치 50세트를 구입했다. 그러나 실망스럽게도 50세트 가운데 2개의 숫자를 맞춘 것이 6개 있을 뿐이었다. 그는 말한다.

"내가 일본에서 로또복권을 살 때에는 최근 6개월간을 기준으로 하는데, 한국에서는 그 자료가 충분하지 못했던 것 같다. 다시 충분한 자료를 가지고 돌아와 도전해 보겠다."

사카이 씨는 나름대로 실패 원인을 이렇게 분석했다. 일본 로또는 우리와는 달리 6/43 방식을 취하고 있기 때문에 1등에 당첨될 확률은 6,096,454분의 1이다. 우리나라에서 시행하고 있는 6/45(8,145,060) 방식과는 현저한 차이가 있는 것도 실패의 원인으로 꼽는다.

〈설문 1〉 로또 게임에서 '짝수와 홀수'의 분석이 중요한 것인가?

(해설) 짝수와 홀수의 계산은 로또 게임에서 아주 중요하다. 그것은 지금까지 추첨에서 보여주듯 상당한 확률을 나타내기 때문이다. 17회 차의 예를 들어 설명해보자. 1등 당첨번호가 03, 04, 09, 17, 32, 37이다. 이것은 홀, 짝, 홀, 홀, 짝, 홀이다. 즉, 홀이 4개이고 짝이 2이다.

6/45 게임에서 45개의 숫자를 6개로 완전 조합한다면 8,145,060으로 나누어진다. 그러므로 1등의 확률이 8,145,060이 되는 것이다. 그런데 이러한 숫자 조합에서 81.3%에 해당하는 숫자조합이 4:2, 또는 2:4로 되어 있다. 그리고 18.7%가 1:5, 5:1, 0:6, 6:0의 홀짝으로 분포되어 있다. 그러므로 4:2나 2:4의 숫자 조합이 당첨 빈도수가 높을 수밖에 없는 것이다. 다시 말해 10번을 추첨했을 때에 4:2, 2:4, 3:3이 8번 나온다는 것이고, 나머지가 1:5, 5:1, 6:0, 0:6의 당첨 번호가 나오게 된다.

〈설문 2〉 시추에이션 조합법이란 무엇인가?

(해설) 이 조합법은 꿈을 꾸거나 어떤 특정한 상황 아래에서 숫자를 택하는 방법이다. 예를 들어 꿈에 4개나 5개의 숫자를 보았다거나 어떤 꿈을 꾸었다거나 했을 때에 만들어 주는 조합법이다.

〈설문 3〉 플러스알파 조합법이란 무엇인가?

(해설) 이 조합법은 원래의 로또 숫자보다 많은 숫자를 택하여 거기에서 선택한 조합법이다. 물론 이때에는 4:2나 2:4, 또는 3:3의 조합법을 사용한다.

〈설문 4〉 직접 선택법이란?

(해설) 이러한 조합은 6자리 숫자를 게임 당사자가 직접 선택하는 것을 말한다. 이 방법은 특이한 상황이나 꿈속에서의 계시 또는 특별한 예시에 의하여 결정하는 것이 보통이다.

〈설문 5〉 합의 범위법이란?

(해설) 숫자의 합을 위주로 하는 게임 방법이다. 즉, 120에서 180 사이의 합으로 게임을 하는 것을 방법이다.

〈설문 6〉 완전조합법이란?

(해설) 숫자를 7개에서 15개를 고르고 조합해 나가는 방법이다. 이것은 게임 비용이 많이 든다. 그러나 자신이 택한 숫자의 구역 안에 당첨 번호가 6개 있다면 이것은 백발백중이다.

〈설문 7〉 행운의 숫자로 로또를 하는 방법은?

(해설) 수비학자인 조 메이슨은 각 사람의 인생에서 특정한 숫자가 등장한다고 주장했다. 물론 이 숫자는 기념일이나

생일, 전화번호, 저금통장의 비밀번호 등등인데 이 중에서 가장 중요한 것이 생일 숫자이다. 이러한 생일을 사용하는 방법에는 두 가지가 있는데 1차수와 2차수가 그것이다.

*1차수의 계산

생일 숫자에서 1차수는 각 사람의 중요한 경력이나 삶의 곳곳에 붙어 다닌다는 시각이다. 어떤 사람이 1952년 6월 26일 생이라면 이 사람의 1차수는 8이다. 그 이유는 생일날인 26일이 1차수에서는 두 자리를 인정하지 않기 때문에 2+6이 되어 8이다.

*2차수의 계산

2차수는 또 다른 중요 숫자이다. 2차수의 산출방법은 생년월일의 숫자를 모두 더해야 한다. 그런 다음에 위에서 말한 낮은 가치로 계산해야 한다. 1+9+5+2+6+2+6=31이다. 그러므로 2차수는 3+1=4가 된다.(이러한 계산법은 피타고라스의 생명의 숫자를 환산하는 방법과 동일하다)

〈설문 8〉 위의 예에서 1차수와 2차수를 가지고 배팅한다면?

(해설) 위의 예에서 1차수는 08이다. 그러므로 08에 해당하는 조합을 구성해 보면 된다. 1+7(8), 08, 17(1+7), 26(2+6), 35(3+5=8) 등이다. 그런데 생일이 6월 26일이라면, 6 26을 쓰

고 52는 사용되지 않는 수이므로 1차수인 08을 감하여 44를 쓴다.

〈설문 9〉 수의 결합과 분배라는 게 있다는데?

(해설) 주역의 계사전(繫辭傳)에는 1부터 10까지의 수에 대하여 홀수를 양(陽)이 천수(天數), 짝수를 음(陰)인 지수(地數)로 나누고 천지의 수 五+五가 변화하여 우주의 조화를 이룬다고 하였다. 이러한 수가 우주의 원리를 규명하는 사상이다. 이 수가 역(易)에서는 점술(占術)이었지만 동시에 수의 신비사상을 배경으로 삼고 있다. 이러한 수를 배경으로 삼아 미래를 예언하는 학문을 상수(象數)라 불렀다. 이러한 역과 결부된 신비사상 중에 중국에는 오랜 옛적부터 하도 낙서의 전설이 있었다.

이 하도가 무엇을 뜻하는 지는 분명하지 않으나 11세기에 주진(朱震)이라는 학자에 의하여 도식화 되었다. 그에 따르면 하도는 1에서 9까지, 낙서는 1에서 10까지를 도상화(圖象化)하여 배열한 것인데, 특히 하도는 가로 세로 대각선상의 합이 15가 되는 방진(方陣)이다. 이러한 하도 낙서는 남송(南宋) 때에 그 명칭이 뒤바뀌어 옛 하도가 낙서로, 낙서가 하도로 불러지게 되었다.

고대 유럽의 자연철학적 수론, 특히 그리스의 피타고라스학파도 수를 우주의 원리로 삼았는데 그 뒤의 자연철학적 수론은 마방진(魔方陣)의 숭배와 더불어 점수 술의 미로 속으로

빠져버렸다. 옛 하도의 모양을 현대식으로 풀이하면 다음과
같다.

4	9	2
3	5	7
8	1	6

　　로또에서는 45의 숫자가 있다. 앞에서도 얘기했듯이 동양
철학에서는 10 이상의 수는 합의 원리로 보기 때문에 35는
3+5=08, 45는 4+5=09로 계산한다. 이러한 숫자는 서로 마주보
는 숫자를 싫어하고 가까이 있는 숫자를 좋아한다. 예를 들어
7은 3을 싫어하고 2와 6을 좋아한다. 그런가하면 중앙의 5와
숨어있는 10은 서로의 숫자들을 도와주는 구실을 한다.

제5장
운명의 수와 로또

본문에 들어가기 전에 〈당첨 사례〉를 두 가지만 들어 독자의 이해를 돕고자 한다. 그 첫째는 미국의 플로리다 주의 웨스트 팸 비치에 사는 올해 70세의 루스 존슨 할머니다. 지난 3월 7일 날의 추첨에서 당첨금 1천만 달러(130억 원)의 잭팟을 존슨 할머니가 터뜨렸다.

복권은 '딱 1달러어치를 샀어요!' 라는 존슨 할머니가 택한 것은 여섯 자녀의 나이 숫자였다. 즉, 32, 35, 38, 40, 50, 52였다. 그런가하면 우리나라의 제2회 차 로또 6/45 게임에서 20억 원의 잭팟을 터뜨린 인물은 인천시 부평구에 사는 조 모 씨였다. 그가 선택한 숫자는 09-13-21-25-32-42였다. 이것은 자신의 생년월일과 가족들의 주민등록을 근거로 조합한 숫자였다는 것이 밝혀져 화제를 모았다.

이렇듯 누구에게나 복권에 당첨될 기회와 확률은 있다. 다만, 자신에게 조금씩 다가오는 행운을 언제 어떻게 받아들이느냐가 중요한 문제다. 잭팟의 행운을 맞이하기 위해서 가장 중요한 것은 자신이 지닌 생명의 숫자를 찾는 일이다.

어떤 사람의 출생 년 월이 1952년 6월 26일이라면, 다음과 같은 공식으로 숫자를 찾아낸다. 1차수는 생일날인 26일을 2+6=으로 계산하여 08이다.

그런가하면 2차수는 01+09+5+02+06+02+06=31로, 3+1=04가 생명의 숫자다. 그러니까 이 공식을 사용하려면 먼저 생명의 숫자를 찾아야 한다는 점이다. 다음으로는 띠의 속성을 살피는 것이다.

띠	子	畜	寅	卯	辰	蛇	午	未	申	酉	戌	亥
동물	쥐	소	범	토끼	용	뱀	말	양	원숭이	닭	개	돼지
숫자	1	2	3	4	5	6	7	8	9	10	11	12

이 방법은 쥐띠의 수를 '1'로 여긴다. 이러한 '1'을 사용하여 본인의 기본수를 만든다. 만드는 방법은 주역의 원리에 따른다.

1. 쥐의 속성

쥐는 눈치 빠른 동물이다. 쥐는 잿빛의 보호색으로 위장이 잘 돼 있고 침침한 구멍 속에 서식하며 인간이나 고양이의 눈치를 살핀다. 인간이 가꾸고 거두어들인 곡식을 훔쳐 먹고 사는 것이 쥐의 생리다. 쥐는 도적 · 간첩 · 비겁한 인간 등과 같은 취급을 받는다. 그 번식률이 대단하고 거대한 물체를 끝까지 깎아 허무는 노력과 지구력 또는 그 야심은 큰 뜻을 갖은 사람이나 노력하는 사람도 동일시할 수 있으며 일의 번영을 상징한다.

쥐띠인 甲이라는 사람의 출생이 1972년 3월 21일(壬子生)이라면 생명의 숫자는, 1+9+7+2+3+2+1=25이므로 2+5=7이다. 따라서 甲이 복권을 비롯하여 투자하기 좋은 날을 계산하면 다음과 같다. 계산방법은 쥐띠의 고유 숫자에 1차수인 3(2+1)을 더하여 계산한다. (모든 쥐띠 생을 포함한다)
  1) 쥐띠의 고유 숫자 : 1
  2) 당첨 확률이 높은 계절 : 12월
  3) 당첨 확률이 높은 날 : 01, 04, 07, 10, 13, 16, 19, 22, 25, 28, 31일이다.
  4) 복권을 구입하거나 배팅가능시간 : 11시에서 1시 사이
  5) 복권을 사는 방위 : 북쪽

〈사례 1〉 甲은 이성순(李性淳)이라는 회사원으로 출생연월인은 1972년 3월 21일 생이다. 특별히 꿈을 꾼 것은 없다. 어떤 배팅이 가능한가?
  (해설) 예문에서 설명한 것처럼 우선은 1차수와 2차수를 찾아내는 것이 무엇보다 중요하다. 1차수는 03, 2차수는 07이다. 이러한 1차수를 '운명의 수'라 하고 2차수인 07이 '생명의 수'다. 다음으로는 자신의 이름자의 모든 획을 계산한다. 이

성순 씨의 총획은 12획이다. 이것이 '행운의 숫자'다. 그런데 수의 특성을 보면 1차수인 03은 07을 싫어하지만 04와 08을 그리워한다. 그리고 2차수인 07은 마주보는 03을 싫어하고 06과 02를 그리워한다. 이렇게 보면 일곱 개의 숫자를 얻을 수 있다. 즉, 02, 03, 04, 06, 07, 08, 12가 된다. 이것으로 당첨 가능한 조합을 만들면 다음과 같다.

1) 02-03-04-06-07-08 (2:4)
2) 02-03-04-06-07-12 (4:2)
3) 02-03-04-06-08-12 (1:5)
4) 02-03-04-07-08-12 (2:4)
5) 02-03-06-07-08-12 (2:4)
6) 02-04-06-07-08-12 (1:5)
7) 03-04-06-07-08-12 (2:12)

〈사례 2〉 상기 이성순 씨가 꿈에서 집으로 가는 버스를 탔는데 평소에 탔던 버스가 아니고 번호가 다른 27번 버스였다. 또한 평소 자신이 가던 길이 아니었다. 꿈길에서 몸부림을 치다 잠이 깨었다. 꿈은 특별한 것이 아니었고, 다만 버스 번호가 27번이었을 뿐이다. 이 경우에도 1차수는 3, 2차수는 7이다. 다음으로 자신의 이름자의 획수는 12다. 여기에서 버스 번호인 27이 더해졌다. 이런 경우는 꿈을 큰 수로 여기어 9(2+7)가 된다. 이렇게 하여 02, 03, 04, 07, 09, 12, 27을 얻었다.

(해설) 당첨 가능한 숫자 조합은 다음과 같다.

1) 02-03-04-07-09-12 (3:3)
2) 02-03-04-07-09-27 (4:2)
3) 02-03-04-07-12-27 (3:3)
4) 02-03-04-09-12-27 (3:3)
5) 02-03-07-09-12-27 (4:2)
6) 02-04-07-09-12-27 (3:3)
7) 03-04-07-09-12-27 (4:2)

〈사례 3〉 사례 2의 경우 1차수는 3, 2차수는 7, 이름자의 획수 12, 버스 번호 27, 그 수의 합이 9, 이렇게 5가지의 수로도 조합이 가능한 것인가?

(해설) 당첨 가능한 숫자 조합은 다음과 같다.

1) 03-07-09-12-27-01 (4:2)
2) 03-07-09-12-27-02 (4:2)
3) 03-07-09-12-27-04 (4:2)
4) 03-07-09-12-27-05 (5:1)
5) 03-07-09-12-27-06 (4:2)
6) 03-07-09-12-27-08 (4:2)
7) 03-07-09-12-27-10 (4:2)

8) 03-07-09-12-27-11 (5:1)

9) 03-07-09-12-27-13 (5:1)

10) 03-07-09-12-27-14 (4:2)

11) 03-07-09-12-27-15 (5:1)

12) 03-07-09-12-27-16 (4:2)

〈사례 4〉이성순 씨가 어느 날 낮잠을 자다가 꿈을 꾸었다. 초등학교 때의 친구들, 그리고 예비군 훈련장에서의 훈련 동기 등등으로 그 수효가 적지 않았다. 초등학교 때의 친구는 3명쯤 기억하는 데 자신과는 무척 친했다. 그래서 그들의 학급 번호를 기억할 수 있었다. 15, 22, 25번이었다. 또 예비군 훈련장에서 만난 훈련 동기는 2명이었는데 한 사람은 박 씨였고 또 한사람은 이 씨였다. 그들은 모두 답십리(踏十里)에서 살고 있었다. 그래서 꿈에서 깬 이성순씨는 메모지에 하나씩 숫자를 써보았다.

1차수는 3, 2차수는 7, 이름자인 3차수는 12, 그리고 초등학교 동창인 15번, 22번, 25번, 또 예비군 훈련장에서 만난 박 씨와 이씨의18번(朴의 나무 木은 十과 八로 나뉜다. 李자도 역시 十과 八로 나뉜다)이다. 이렇게 하여 얻은 숫자는 3, 7, 10, 12, 15, 18, 22, 25이다. 이것으로 당첨 가능한 숫자 조합을 어떻게 할까?

(해설) 위에서 10의 숫자는 이성순 씨가 꿈을 꾸었던 장소다. 답십리이므로 10을 선택하였다. 자신이 몇 가지 이유로

선택한 8개의 숫자를 당첨 확률이 높은 조합으로 만들면 다음과 같다.

    1) 03-07-10-12-15-18 (3:3)
    2) 03-07-10-12-15-22 (3:3)
    3) 03-07-10-12-15-25 (4:2)
    4) 03-07-10-12-18-22 (2:4)
    5) 03-07-10-12-18-25 (3:3)
    6) 03-07-10-12-22-25 (3:3)
    7) 03-07-10-15-18-22 (3:3)
    8) 03-07-10-15-18-25 (4:2)
    9) 03-07-10-15-22-25 (4:2)
    10) 03-07-10-18-22-25 (3:3)
    11) 03-07-12-15-18-22 (3:3)
    12) 03-07-12-15-18-25 (4:2)

〈사례 5〉 이성순씨가 특별한 징후나 꿈같은 것은 꾸지 않았지만 2003년 4월 5일 날 배팅을 하려고 한다. 이성순 씨의 행년운기(行年運氣)를 감안하여 배팅을 한다면?

(해설) 행년운기란 사람마다 얼굴에 나타난 운기를 뜻한다. 관상가는 그것으로써 점복하는 사람의 명이 길고 짧은 지를 판단하는데, 일반적으로 당일의 행년운기는 당해 연도의 월일까지 합산하여 산출한다. 즉, 2+0+0+3+4+5=15다. 여기에서 1차수는 3, 2차수는 7, 3차수는 12, 4차수는 15이다. 현재까지

나타난 모든 정황은 이것뿐일 때 당첨 확률을 높일 수 있는 배팅을 생각해 보았다. 정해진 4개의 숫자 외에 가장 당첨 빈도수가 높은 위닝 숫자 25와 40을 넣었다. 즉, 3-7-12-15-25-40-42가 정해진 것이다. 이 숫자를 근간으로 하여 배팅을 하면 다음 같은 당첨 가능 조합을 만들 수 있다.

1) 03-07-12-15-25-40 (4:2)
2) 03-07-12-15-25-42 (4:2)
3) 03-07-12-15-40-42 (3:3)
4) 03-07-12-25-40-42 (3:3)
5) 03-07-15-25-40-42 (4:2)
6) 03-12-15-25-40-42 (3:3)
7) 07-12-15-25-40-42 (3:3)

2. 소의 속성

소는 동물 중에서 사람과 가장 친근하다. 근면성이나 끈기, 인내심은 가축 중의 으뜸이다. 새끼를 생산하여 주인의 재산을 늘려 주고 죽어서는 고기와 가죽을 남긴다. 인간에겐 은혜로운 동물이다. 이렇듯 다각적인 용도의 동일성과 성격의 특성은 사람·집·재산·사업체·특권·기타 사건과 관계되는 일거리의 상징물로 등장시킨다. 옛사람들이 소는 조상의 동일시라고 믿었던 해석이일리가 있다. 그것은 조상이라는 관념적 존재가 곧 현실에서의 집안 살림을 책임지고 있는 호주나 그와 동격인 사람과 동일시 될 수 있기 때문이다.

소띠인 甲이라는 사람의 출생이 1961년 2월 3일생(辛丑生)이라면 생명의 숫자는 1+9+6+1+2+3=22이므로 2+2=4이다. 또한 1차수는 3(0+3)이다. 따라서 甲이 복권을 비롯하여 투자하기 좋은 날을 계산하면 다음과 같다.(모든 소띠를 포함한다)
  1) 소띠의 고유 숫자 : 2
  2) 당첨 확률이 높은 계절 : 1월
  3) 당첨 확률이 높은 날 : 2, 5, 8, 11, 14, 17, 20, 23, 26, 29일이다.

4) 복권을 구입하거나 배팅가능시간 : 1시에서 3시

5) 복권을 사는 방위 : 동북간

〈사례 1〉 甲은 1961년 2월 3일생이다. 그러므로 1차수는 3
이다. 따라서 2차수는 4가 된다. 甲의 이름이 최성수라고 한
다면 3차수는 15가 된다. 여기에서 4차수를 구하는 방법으로
최성수 씨는 행년운기를 이용하기로 했다.

01+09+06+01+02+03=22다. 다음으로는 위닝 숫자 2자리와
두 자녀의 생일(7월 26일과 8월 25일)을 사용하기로 했다. 이
렇게 하여 03-04-15-22-25-26-37-40라는 기본 숫자를 정했다. 당
첨을 가능케 하는 유효한 배팅은 어떤 조합일까?

(해설) 이제까지와는 달리 상당히 많은 당첨 가능 조합이
나타남을 볼 수 있다.

1) 03-04-15-22-25-26 (3:3)

2) 03-04-15-22-25-37 (4:2)

3) 03-04-15-22-25-40 (3:3)

4) 03-04-15-22-26-37 (3:3)

5) 03-04-15-22-26-40 (2:4)

6) 03-04-15-22-37-40 (3:3)

7) 03-04-15-25-26-40 (3:3)

8) 03-04-15-25-37-40 (4:2)

9) 03-04-15-26-37-40 (3:3)

10) 03-04-22-25-26-37 (3:3)

11) 03-04-22-25-26-40 (2:4)

12) 03-04-22-25-37-40 (3:3)

13) 03-04-25-26-37-49 (4:2)

14) 03-15-22-25-26-37 (4:2)

15) 03-15-22-25-26-40 (3:3)

16) 03-15-25-26-37-40 (4:2)

17) 03-22-25-26-37-40 (3:3)

18) 04-15-22-25-26-37 (3:3)

19) 04-15-22-25-26-40 (2:4)

20) 04-22-25-26-37-40 (2:4)

21) 15-22-25-26-37-40 (3:3)

〈사례 2〉 사례1에 나오는 甲은 어느 날 꿈에 산에 올라가 기도를 올리는데 커다란 구렁이 한 마리가 나타나 자신의 몸을 칭칭 감았다. 깜짝 놀라 깨어난 甲은 꿈이 예사롭지 않은 것을 알고 로또 복권을 구입하여야겠다고 생각했다. 산에서 내려온 甲은 어느 쪽으로 갈 것인지를 생각했다. 복권 판매소는 시내 곳곳에 있는데 동서남북의 어느 방향으로 가서 어떤 배팅을 하여야 할까?

(해설) 먼저 1차수는 3이고 2차수가 4이며 3차수가 15임을 알았다. 여기에서 구렁이는 도표에 나오는 것처럼 6을 선택하고 4차수로 행년운기의 22를 사용했다. 이렇게 본다면 선택

된 숫자는 5자다. 즉, 03-04-06-15-22인 셈이다. 이러한 5자에 위닝 숫자를 합하여 조합하는 것을 생각해보았다. 즉, 25-37-40-42다. 甲이 선택한 숫자는 03-04-06-15-22-25-37-40-42가 된다. 이러한 9개의 숫자로서 당첨 확률이 높은 것을 도출해 내기 위해서는 앞서 말한 바대로 4:2 또는 2:4의 조합에 유념하여야 한다는 것이다.

1) 03-04-25-37-40-42 (3:3)
2) 03-04-06-15-40-42 (2:4)
3) 03-04-06-15-16-34 (2:4)
4) 03-16-25-37-40-42 (3:3)
5) 03-04-06-37-40-42 (2:4)
6) 03-04-06-15-16-42 (2:4)
7) 04-06-15-16-25-37 (3:3)
8) 15-16-25-37-40-42 (3:3)
9) 06-15-16-25-37-40 (3:3)

위의 배팅의 특이성을 살펴보면 초기에 선택하지 않았던 숫자라 하더라도 그것이 당첨 배분율과 차이가 있을 때는 가까운 수를 빌려 올 수 있다는 점이다.

이렇게 하여 2:4, 3:3, 4:2의 배분으로 배팅하는 것이 통계적인 당첨 확률이다. 또한 甲이 산에서 내려온 후 로또 복권을 구입할 방위는 뱀(6)과 관계있으므로 서북쪽이 좋다.

3. 호랑이의 속성

호랑이는 동물 세계의 왕으로서 용맹과 지혜와 굉장한 체력을 지니고 있다. 그 체구는 거대하고 행동이 민첩하며, 울음소리는 산을 울린다. 백수 위에 군림하는 호랑이는 미개한 무기 밖에 갖지 못했던 옛날에는 인간에게도 두려운 존재였다.

이러한 여러 특성은 권세와 명예를 가진 일물과 동일시, 거대한 사업체와 일거리·벅찬 일·사건·단체 그리고 승리·득세·권리·성공 등의 일로 상징된다. 호랑이는 동양인이 자주 꿈의 재료로 선택한다.

범띠인 甲이라는 사람의 출생이 1962년 2월 1일생(壬寅生)이라면 생명의 숫자는 1+9+6+2+2+1=21이므로 2+1=3이다. 1차수는 1이다. 따라서 甲이 복권을 비롯하여 투자하기 좋은 날을 계산하면 다음과 같다.

1) 호랑이띠의 고유 숫자 : 3

2) 당첨 확률이 높은 계절 : 2월

3) 당첨 확률이 높은 날 : 4, 7, 10, 13, 16, 19, 22, 25, 28, 31일이다.

4) 복권을 구입하거나 배팅가능시간 : 3시에서 5시까지

5) 복권을 사는 방위 : 동북 간

〈사례 1〉 甲은 이름이 정원식으로 1962년 2월 1일생이다. 특별한 꿈이나 이상한 징후도 없었다. 자신의 행운숫자로만 로또 게임을 한다면 어떤 수의 조합이 가능해질까?

(해설) 정원식 씨의 1차수는 1이다. 2차수는 3이다. 또한 3차수는 15다. 4차수의 행년운기는 1+9+6+2+2+1=21을 사용한다. 여기에서 가장 잘 나오는 위닝 숫자 25, 40, 42를 택하면 그 조합은 어떻게 되는가를 살펴보자. 1-3-15-21-25-40-42가 기본 숫자다.

1) 01-03-15-21-25-40 (4:2)

2) 01-03-15-21-25-36 (4:2)

3) 01-03-15-21-30-36 (4:2)

4) 01-03-15-27-30-36 (4:2)

5) 01-15-21-25-40-42 (4:2)

6) 03-15-21-25-40-42 (4:2)

〈사례 2〉 위의 사례 1에서 위닝 숫자를 사용하지 않고 중간 숫자를 선택할 때의 숫자조합은 어떻게 되는가? 중간 숫자는 26, 27, 30, 36 등이다. 기본 숫자는 1-3-15-21-26-27-30-36이다.

(해답) 당첨 확률이 높은 조합은 다음과 같다. 아래의 조합은 당첨 확률 87%이다.

1) 01-03-15-21-27-30 (4:2)
2) 01-03-15-21-27-36 (4:2)
3) 01-03-15-21-30-36 (4:2)
4) 01-03-15-27-30-36 (4:2)
5) 01-03-21-27-30-36 (4:2)
6) 01-15-21-27-30-36 (4:2)
7) 03-15-21-27-30-36 (4:2)

〈사례 3〉 위의 사례에서 甲이 자신의 4차수에다 이제껏 한 번도 나타나지 않은 숫자에 배팅을 한다면 어떤 조합이 올바른가를 표시하면?

(해설) 기본 숫자는 1-3-15-21은 준비되어 있는 숫자다. 여기에 18, 28, 35, 43을 더하여 조합해본다.

1) 13-15-18-21-28-35 (4:2)
2) 01-13-15-28-35-43 (4:2)
3) 15-18-21-28-35-43 (4:2)
4) 01-13-21-28-35-43 (5:1)
5) 01-18-21-28-35-43 (4:2)
6) 01-13-15-18-21-43 (5:1)

7) 01-13-15-18-35-43 (5:1)
8) 01-13-15-18-21-28 (4:2)

4. 토끼의 속성

토끼는 양과 마찬가지로 어질고 착한 사람의 동일시가 가능하나, 그 성격이나 행동 면에서 수양과 신념이 부족한 듯하고 안정되지 않은 느낌을 준다. 이러한 유사성을 이끌어서 머슴·식모·정치가·청부업자 등의 동일시가 가능하며 유동적인 일거리, 그리고 유용한 가축이라는 점에서 역시 재물 또는 돈을 상징한다.

토끼띠인 甲이라는 사람의 출생이 1939년 5월 13일생(乙卯生)이라면 생명의 숫자는 1+9+3+9+5+1+3=31이므로 3+1=4이다. 1차수는 1+3이므로 4다. 따라서 甲이 복권을 비롯하여 투자하기 좋은 날을 계산하면 다음과 같다.(모든 토끼띠를 포함한다)

1) 토끼띠의 고유 숫자 : 4

2) 당첨 확률이 높은 계절 : 3월

3) 당첨 확률이 높은 날 : 4, 8, 12, 16, 20, 24, 28이다.

4) 복권을 구입하거나 배팅가능시간 : 5시에서 7시

5) 복권을 사는 방위 : 동쪽

〈사례 1〉 甲의 이름은 이우영이다. 이 사람의 운명수로서 로또에 배팅한다면 어떻게 해야 하는가?

(해설) 먼저 1차수를 찾는다. 1차수는 13일이므로 1+3=4가 된다. 2차수는 31이므로 3+1=4가 된다. 1차수와 2차수가 같은 셈이다. 그렇다면 3차수는 얼마인가를 살펴보자 이우영의 획수는 10이다. 다음으로 4차수는 행년운기인 31이다. 이렇게 되면 4, 10, 31을 고른 셈이다. 여기에서 숫자 조합은 다음의 몇 가지가 있다.

첫째는 가족들의 생년월일을 합산하여 계산하는 방법

둘째는 위닝 숫자를 더하여 조합하는 방법이다. 물론 이때에는 6자리보다 많은 숫자를 놓고 계산하되, 숫자조합을 택하는 것은 87%의 당첨 확률을 보이는 홀짝수의 비율이 2:4, 3:3, 4:2의 것을 가려 뽑는다.

★ 방법1

가족들의 생일이 12, 23, 29이라고 하면 기본적인 숫자는 앞서 산출한 숫자와 같은 선상에 내림차순으로 놓는다.

즉, 04-10-12-23-29-31이다. 꿈속에서 어떤 특정한 숫자를 보았다면 그 수를 더한다. 예를 들어 6/45 게임에서 45가 크게 부각되었다면 45를 더하여 조합하면 다음과 같은 형태의 배팅 표를 만들 수 있다. 4-10-12-23-29-31-45가 기본 숫자

1) 04-10-12-23-29-31 (3:3)
2) 04-10-12-23-29-45 (3:3)
3) 04-10-12-23-31-45 (3:3)
4) 04-10-12-29-31-45 (3:3)
5) 04-10-23-29-31-45 (4:2)
6) 04-12-23-29-31-45 (4:2)
7) 10-12-23-29-31-45 (4:2)

★ 방법2

이번에는 위닝 숫자를 가지고 배팅하는 방법이다. 지금까지 나타난 위닝 숫자는 당연히 25, 37, 40, 42다.

그러므로 배팅을 시작하기 전에 만들어진 표의 기본 숫자는 04-10-12-25-37-40-42가 된다. 당첨 가능한 숫자 조합은 당

연히 홀짝수의 비율이 2:4, 3:3, 4:2, 1:5가 되어야 한다.

1) 04-10-12-25-37-40 (2:4)

2) 04-10-12-25-37-42 (2:4)

3) 04-10-12-25-40-42 (1:5)

4) 04-10-12-37-40-42 ((1:5)

5) 04-19-25-37-40-42 (3:3)

6) 04-12-25-37-40-42 (2:4)

7) 10-12-25-37-40-42 (2:4)

〈사례 2〉 甲이 자신의 운명 수에 이제껏 한 번도 나온 적이 없는 숫자와 위닝 숫자를 섞어 배팅할 경우 숫자의 조합은 어떻게 되는가?

(해설) 먼저 기본수를 모은다. 이우영의 1차수는 4, 2차수도 4, 3차수는 10, 4차수는 31이다. 여기에서 가장 많은 당첨 숫자는 25, 40, 42다. 또한 나오지 않은 숫자는 28, 18, 20, 38 등이다. 그렇다면 숫자는 4-10-18-20-25-28-31-38-40-42이다. 이러한 숫자를 사용하여 당첨 가능한 조합을 만들면 다음과 같다. 물론 이 경우에도 당첨 확률 87%에 해당하는 2:4, 4:2와 3:3의 홀짝수 배합을 이용한다.

1) 25-28-31-38-40-42 (2:4)

2) 20-25-28-31-38-40 (2:4)

3) 10-18-20-25-28-31 (2:4)

4) 04-28-31-38-40-42 (1:5)
5) 18-20-25-28-31-38 (2:4)
6) 04-10-18-20-25-28 (1:5)
7) 04-10-18-38-40-42 (0:6)
8) 04-10-18-20-40-42 (0:6)
9) 04-10-18-20-25-42 (1:5)
10) 04-10-31-38-40-42 (1:5)

5. 용의 속성

용은 그 모습이 거대한 구렁이 같고 발톱과 뿔 그리고 귀가 있으며 몸에 비늘이 있다. 그 색깔은 청, 황, 적, 흑, 백 등으로 다양하다는 가상적인 동물이다. 그럼에도 우리의 꿈에서는 좀 더 다양한 형태로 자주 나타나는 동물이다. 용꿈에 대한 신뢰는 예나 지금이나 두 가지 경향에서 지대한 바 있다. 그 하나는 태몽으로서 용꿈을 꾸는 큰 인물을 낳고, 다른 경우는 입신양명과 득세의 상징으로 사람들이 꿈에 보기를 원했다.

용띠인 甲이라는 사람의 출생이 1964년 8월 27일생(甲辰生)
이라면 생명의 숫자는 1+9+6+4+8+2+7=37이므로 3+7=0이다. 1
차수는 9(2+7)다. 따라서 甲이 복권을 비롯하여 투자하기 좋
은 날을 계산하면 다음과 같다.

1) 용띠의 고유 숫자 : 5
2) 당첨 확률이 높은 계절 : 4월
3) 당첨 확률이 높은 날 : 5, 14, 23
4) 복권을 구입하거나 배팅가능시간 : 7시에서 9시
5) 복권을 사는 방위 : 동남 간

〈사례 1〉 甲의 이름은 장명구이다. 甲의 1차, 2차, 3차, 4차
수를 구하여 당첨 확률이 가장 높은 수를 조합하는 방법은?
(해설) 甲의 1차수는 9(2+7), 2차수는 0, 3차수는 15, 4차수는
37이다. 여기에서 1차수가 9이므로 2차수는 그 다음의 수인
10이다. 제17회까지 오는 동안 가장 많은 당첨 숫자는 25, 37,
40, 42다. 그러므로 기본 배열은 9-10-15-25-37-40-42이다. 당첨
확률이 높은 조합은 다음과 같다.

1) 09-10-15-25-37-40 (4:2)
2) 09-10-15-25-37-42 (4:2)
3) 09-10-15-25-40-42 (3:3)
4) 09-10-15-37-40-42 (3:3)

5) 09-10-25-37-40-42 (3:3)

6) 09-10-25-37-40-42 (3:3)

7) 10-15-25-37-40-42 (3:3)

〈사례 2〉 甲이 꿈속에서 엄청난 구더기를 보았거나 끝없이 밀려드는 구더기에 쫓기다가 꿈에서 깨어났다. 그의 운명 수를 참조하여 배팅한다면 어떤 조합이어야 하는가?

(해설) 甲의 1차수는 9, 2차수는 10, 3차수는 15, 4차수는 37, 그리고 꿈에 나타난 구더기는 무한대(8)이므로 45의 수를 배정한다. 9-10-15-37-45의 다섯 자리에서 하나의 수를 결합시키는 숫자 조합은 40가지에 이른다. 그것을 당첨 확률이 높은 조합으로 표시하면 다음과 같다.(지면관계상 10단위는 생략한다)

1) 09-10-15-37-45-1 (5:1)

2) 09-10-15-37-45-2 (4:2)

3) 09-10-15-37-45-3 (5:1)

4) 09-10-15-37-45-4 (4:2)

5) 09-10-15-37-45-5 (5:1)

6) 09-10-15-37-45-6 (4:2)

7) 09-10-15-37-45-7 (5:1)

〈사례 3〉 위의 사례 2에서 5자리의 숫자 조합을 하지 않고 최상위의 당첨이 빈번한 숫자와 최하위의 당첨이 빈번한 숫자를 더하여 당첨 확률이 높은 쪽으로 조합하는 방법은?

(해설) 09-10-15-37-45의 수에 3과, 42를 더하여 조합한다. 당첨 확률이 높은 숫자 조합은 다음과 같다.

   1) 03-09-10-15-37-42 (4:2)
   2) 03-09-10-15-37-45 (5:1)
   3) 03-09-10-15-42-45 (4:2)
   4) 03-09-10-37-42-45 (4:2)
   5) 03-09-15-37-42-45 (5:1)
   6) 09-10-15-37-42-45 (4:2)

6. 뱀의 속성

뱀은 지혜가 뛰어나고 교활한 짐승이다. 그래서 성경에는 사탄의 상징으로 이해되었다. 그 동체가 매끄럽고 징그러우며 길고 색깔이 현란한 점, 자기의 몇 배나 되는 동물과 싸우고 상대방을 통째로 삼켜 소화시키는 위력, 나무줄기 같이 나무에 늘어져 위장을 잘하고 숲속에서 달려올 때는 머리 부분만 보여 그 동체와 꼬리가 얼마나 긴지 헤아릴 수 없다. 또한 혓바닥을 널름거리는 모습은 흉악한 간계가 숨어 있는 듯하다. 그러나 그 동체를 펴고 엎디면 높은 것이나 얕은 지형을 한 몸으로 주름잡는다. 옛 부터 큰 구렁이가 오래 묵으면 용이 된다고 믿었고 집을 지켜주는 대명이라고 소홀히 하지 않았으며 용꿈을 꾸지 못하면 구렁이 꿈이라도 꾸기를 바랬다.

이러한 잠재 지식은 강대한 세력을 가진 사람, 악한사람, 미운 사람, 교활한 사람, 정부, 독부, 권세, 명예, 기관, 세력, 지혜, 정당 등을 상징하고 태아와 결혼 상대자 등으로 자주 표현된다.

뱀띠인 甲이라는 사람의 출생이 1977년 12월 8일생(丁巳生)이라면 생명의 숫자는 1+9+7+7+1+2+8=35이므로 3+5=8이다. 1차수는 8이다. 따라서 甲이 복권을 비롯하여 투자하기 좋은 날을 계산하면 다음과 같다.(모든 뱀띠를 포함한다)

1) 뱀띠의 고유 숫자 : 6
2) 당첨 확률이 높은 계절 : 5월
3) 당첨 확률이 높은 날 : 6, 14, 22, 30이다.
4) 복권을 구입하거나 배팅가능시간 : 9시에서 11시
5) 복권을 사는 방위 : 동남 간

〈사례 1〉 甲의 이름은 전유성이다. 그의 고유 코드를 이용하여 배팅을 한다면 어떤 조합이 최선일까?

(해설) 甲의 1차수는 8이고 2차수도 8이다. 3차수는 15이고 4차수는 35다. 甲에게 위닝 숫자를 플러스하면 25, 37, 40, 42를 합하여 배열하면 08, 15, 25, 35, 37, 40, 42가 된다. 이 숫자들을 당첨 가능한 쪽으로 조합하면 다음과 같다.

1) 08-15-25-35-37-40 (4:2)
2) 08-15-25-35-37-42 (4:2)
3) 08-15-25-35-40-42 (3:3)
4) 08-15-25-37-40-42 (3:3)
5) 08-15-35-37-40-42 (3:3)

6) 08-25-35-37-40-42 (3:3)

7) 15-25-35-37-40-42 (4:2)

〈사례 2〉 甲이 대박을 꿈꾸는 방안으로 한 번도 나온 적이 없는 숫자 배팅에 들어갔다. 여기에도 조합의 묘가 있다. 어떤 배팅이 최선인가?

(해설) 사례 1에서 예시된 것처럼 1차수는 8, 2차수도 8, 3차수는 15, 4차수는 35이다. 여기에서 18, 20, 28, 43을 더하여 올림차순으로 배열하면, 8-15-18-20-28-35-43이다. 이 숫자들을 당첨 가능한 조합을 하면 다음과 같다.

1) 08-15-18-20-28-35 (2:4)

2) 08-15-18-20-28-43 (2:4)

3) 08-15-18-20-35-43 (3:3)

4) 08-15-18-28-35-43 (3:3)

5) 08-15-20-28-35-43 (3:3)

6) 08-18-20-28-35-43 (2:4)

7) 15-18-20-28-35-43 (3:3)

7. 말의 속성

말은 정력적이고 영리하며 행동이 민첩하다. 생김새는 날렵하고 주인에게 충성스럽다. 말의 용도는 전투, 경기, 여행, 운반 수단에 이용되는 등, 소와 마찬가지로 유용하여 인간에게 친근한 가축이다. 집안 식구 중 어떤 사람을 동일시하거나 사회단체, 협조자, 일의 방도, 권세 또는 주인과의 종속적 관계인과 물적 자원을 상징한다.

말띠인 甲이라는 사람의 출생이 1942년 4월 15일생(壬午生)이라면 생명의 숫자는 1+9+4+2+4+1+5=26이므로 2+6=8이다. 1차수는 6(1+5)이다. 따라서 甲이 복권을 비롯하여 투자하기 좋은 날을 계산하면 다음과 같다.(모든 말띠를 포함한다)

1) 말띠의 고유 숫자 : 7
2) 당첨 확률이 높은 계절 : 6월
3) 당첨 확률이 높은 날 : 7, 13, 19, 25, 31일이다.
4) 복권을 구입하거나 배팅가능시간 : 11시에서 1시
5) 복권을 사는 방위 : 남쪽

〈사례 1〉甲은 이름은 백민철이다. 甲의 운명수를 참고로 하여 당첨 확률을 높일 수 있는 배팅을 하고 싶다. 그 최선책의 조합을 찾아낸다면?

(해설) 甲의 1차수는 6, 2차수는 8, 3차수는 21이다. 그리고 4차수는 26이다. 여기에서 최상의 배팅은 위닝 숫자를 참고로 다음과 같은, 06-08-21-25-26-37-40-42 등으로 올림차순의 배열을 만들 수 있다. 이것을 근거로 삼아 당첨 확률이 높은 조합은 다음과 같다.

1) 21-25-26-37-40-42 (3:3)
2) 06-08-26-37-40-42 (1:5)
3) 06-08-21-37-40-42 (2:4)
4) 06-08-21-25-26-42 (2:4)
5) 06-08-21-25-37-42 (3:3)
6) 06-08-21-25-40-42 (2:4)
7) 06-25-26-37-40-42 (2:4)

〈사례 2〉 사례 1에서 甲이 위닝 숫자 대신 이제까지 한 번도 나오지 않은 숫자를 함께 쓰고자 한다면 그 조합은?

(해설) 먼저 1차수 6, 2차수 8, 3차수 21, 4차수 26은 그대로 두고 08, 18, 20, 28 등으로 조합한다. 이것을 올림차순으로 정리하면, 06-08-18-20-21-26-28이 된다. 여기에서 당첨 확률이 높은 쪽으로 조합하면 다음과 같다.

1) 06-08-18-20-25-26 (1:5)
2) 06-08-18-20-25-28 (1:5)
3) 06-08-18-20-26-28 (0:6)
4) 06-08-18-25-26-28 (1:5)
5) 06-08-20-25-26-28 (1:5)
6) 06-08-20-25-26-28 (1:5)
7) 08-18-20-25-26-28 (1:5)

〈사례 3〉 위의 사례 1과 2에서 甲이 위닝 숫자나 이제껏 나오지 않은 숫자 대신에 중간 위닝 숫자를 사용할 경우의 조합은 어떻게 되는가?

(해설) 중간 위닝 숫자는 2번에서 3번 정도의 숫자에 포함된다. 이를테면 09, 16, 19, 21, 31 등등이다. 이것을 올림차순으로 배열하면, 06-08-09-16-19-21-26-31이 된다. 이것을 당첨확률이 높게 조합하면 다음과 같다.

1) 06-08-09-16-26-31 (1:5)
2) 06-08-09-16-19-21 (3:3)
3) 06-16-19-21-26-31 (3:3)
4) 06-08-19-21-26-31 (3:3)
5) 06-08-09-16-19-31 (3:3)
6) 08-09-16-19-21-26 (3:3)
7) 09-16-19-21-26-31 (4:2)
8) 06-08-09-21-26-31 (3:3)

8 양의 속성

양은 온순하고 선량하다. 양은 새김질을 하는 것이나 굽이 갈라진 것은 소와 마찬가지로 신에게 바치는 제물로서 옛사람들이 으뜸으로 여겨왔다. 가죽과 맛있고 영양이 풍부한 고기와 젖, 그리고 번식률이 좋고 사육하기 편한 점 등은 선량한 사람의 동일시, 선, 진리, 재물 또는 돈의 상징이다.

옛 선지자들이 양을 잡아 하나님께 제물로 바친 것은 자기들의 선량하고 참된 마음을 피력해서 하느님의 말씀에 순종하겠다고 맹세함을 나타내는 의미다. 신에게 양을 재물로 바치는 꿈을 꾸었다면 현실에서 그는 국가 또는 사회적인 인물을 보좌하거나 사회에 기여하는 사업을 성취할 것이다.

양띠인 甲이라는 사람의 출생이 1967년 7월 3일생(丁未生)이라면 생명의 숫자는 1+9+6+7+7+3=33이므로 3+3=6이다. 1차수는 3이다. 따라서 甲이 복권을 비롯하여 투자하기 좋은 날을 계산하면 다음과 같다.(모든 양띠를 포함한다)

1) 양띠의 고유 숫자 : 8
2) 당첨 확률이 높은 계절 : 7월

3) 당첨 확률이 높은 날 : 8, 11, 14, 17, 20, 23, 26, 29일이다.

4) 복권을 구입하거나 배팅가능시간 : 1시에서 3시

5) 복권을 사는 방위 : 남서 간

〈사례 1〉 甲의 이름은 김세연이다. 甲의 운명 수를 계산하여 6/4게임을 하려고 한다. 어떤 방법이 최선인가?

(해설) 먼저 앞서와 마찬가지로 1차수 3, 2차수는 6, 3차수는 15, 4차수는 33이다. 사람에 따라서는 4차수를 계산하지 않는 경우도 있으므로 참조하기 바란다. 이번 사례에서는 4차수를 빼고 그 대신에 위닝 숫자를 집어넣어 올림차순으로 배열해본다. 즉, 03-06-15-25-37-40-42이다. 여기에서 당첨 가능성이 높은 숫자 조합은 다음과 같다.

1) 03-06-15-25-37-40 (4:2)

2) 03-06-15-25-37-42 (4:2)

3) 03-06-15-25-40-42 (3:3)

4) 03-06-15-37-40-42 (3:3)

5) 03-06-25-37-40-42 (3:3)

6) 03-15-25-37-40-42 (4:2)

7) 06-15-25-37-40-42 (3:3)

〈사례 2〉 사례 1에서 사용한 위닝 숫자 대신에 한 번도 나오지 않은 08, 18, 20, 28, 43을 사용하여 당첨 확률이 높게 조합하는 방법은 무엇인가? 03-06-08-15-18-20-28-43에 대한 최대한의 당첨 조합은?

(해설) 조합 방법은 다음과 같다.

1) 06-08-15-20-18-28 (1:5)
2) 03-06-08-15-28-43 (3:3)
3) 03-06-18-20-28-43 (3:3)
4) 08-15-18-20-28-43 (2:4)
5) 03-06-08-20-28-43 (2:4)
6) 03-06-08-15-18-43 (3:3)
7) 03-15-18-20-28-43 (3:3)

〈사례 3〉 위의 사례에서 위닝 숫자를 가장 높은 숫자, 중간 숫자, 가장 낮은 숫자로 2자씩을 섞을 때의 조합은?

(해설) 가장 상위의 위닝 숫자는 40과 42, 중간 위닝 숫자는 25, 31, 가장 하위의 숫자는 1과 4이다. 그러므로 올림차순으로 배열하면, 01-03-04-06-15-25-31-40-42이다. 이 숫자들을 당첨 확률이 높은 조합을 나타내면 다음과 같다.

1) 04-06-15-25-31-40 (3:3)
2) 03-04-06-15-25-31 (3:3)
3) 01-03-04-06-40-42 (2:4)
4) 03-06-15-25-40-42 (3:3)
5) 01-03-04-06-15-42 (3:3)
6) 01-03-04-31-40-42 (3:3)
7) 01-15-25-31-40-42 (4:2)
8) 01-03-04-06-15-25 (4:2)

9. 원숭이의 속성

원숭이는 인간과 가장 흡사한 동물이다. 그 특성은 남의 흉내를 잘 내고 남과 비교를 잘하며, 독단적이고 성급하며, 우월감이나 질투심이 강하다. 이런 특성을 자기 자신이나 상대방 사람을 동일시해서 성격상의 비유를 하게 되는데, 중개사 · 재주꾼 · 배우 · 사기한 등의 동일시이고, 대체로 자기의 욕구 적 경향을 원숭이의 행동으로 바꿔놓고 암시하기가 보통이다.

원숭이띠인 甲이라는 사람의 출생이 1956년 9월 2일생(丙申生)이라면 생명의 숫자는 1+9+5+6+9+2=32이므로 3+2=5이다. 1차수는 2다. 따라서 甲이 복권을 비롯하여 투자하기 좋은 날을 계산하면 다음과 같다.(모든 원숭이띠를 포함한다)

1) 원숭이띠의 고유 숫자 : 9

2) 당첨 확률이 높은 계절 : 8월

3) 당첨 확률이 높은 날 : 9, 11, 13, 15, 17, 19, 21, 23, 25, 27, 29, 31일이다.

4) 복권을 구입하거나 배팅가능시간 : 3시에서 5시

5) 복권을 사는 방위 : 남서 간

〈사례 1〉 甲은 윤두수이다. 그의 운명수를 종합하여 배팅한다면 어떤 조합이 이루어지는가. 한 가지 참조할 것은 甲은 꿈속에서 앞이 뻥 뚫린 기찻길을 한없이 걸어가다가 꿈을 깬 경험이 있다. 이런 경우 어떤 조합의 배팅이 필요한 것인가?

(해답) 꿈이라는 것은 예시다. 특히 기찻길을 걸어가고 있었다는 것은 양쪽 선로를 나타낸 모양이다. 선로는 교차하지 않고 뻗어 있으므로 11의 수를 갖는다. 甲의 1차수는 2, 2차수는 5(3+2), 3차수는 13이다.(여기에서 4차수를 포함시키는 것은 다른 배팅방법이다) 여기에서 가장 많이 당첨된 40과 42를 포함시키고 다시 31과 37을 합하여 조합하는 것을 생각해 보았다. 그것을 올림차순으로 정리해보면, 02-05-11-13-31-37-40-42가 된다. 여기에서 당첨 확률이 높은 조합은 다음과 같다.

1) 11-13-31-37-40-42 (4:2)

2) 05-11-13-31-37-40 (5:1)

3) 02-13-31-37-40-42 (3:3)

4) 02-05-11-13-32-42 (3:3)

5) 02-05-31-37-40-42 (3:3)

6) 02-05-11-37-40-42 (3:3)

7) 02-05-11-13-31-37 (5:1)

8) 02-05-11-13-40-42 (3:3)

〈사례 2〉 사례 1에서 위닝 숫자를 중간으로 할 경우의 숫자 조합은?

　(해설) 여기에서 말하는 중간은 위닝 숫자라 해도 상위의 숫자가 아니라 중간 당첨 숫자를 뜻한다. 즉, 19, 21, 23, 26, 39 등이다. 이 숫자를 합하여 당첨 가능한 조합을 만든다면, 먼저 사례 1의 운명수인 2-5-11-13에 19-21-23-26-39를 합하여 당첨 가능한 숫자를 도출해내는 것이다. 숫자 조합은 다음과 같다.

　1) 02-05-11-23-26-39 (4:2)
　2) 02-05-11-13-21-19 (5:1)
　3) 13-19-21-23-26-39 (5:1)
　4) 02-05-11-13-26-39 (4:2)
　5) 11-13-19-21-23-26 (5:1)
　6) 05-11-13-19-21-23 (6:0)
　7) 02-11-19-21-23-26 (4:2)
　8) 02-5-21-23-26-39 (4:2)

10. 닭의 속성

　꿈에 수꿩이 우는 소리를 듣거나 나무에 앉은 것을 보았다면 현실에서 다 같이 자기 관직이나 신분이 높아질 것이다. 따라서 세상에 명성을 떨치게도 된다. 꿈에 사나운 붉은 수탉이 자기를 쪼러 덤비는 것을 피하지 못하고 놀라 잠이 깨면 현실에서 그는 위장병이나 해소병을 앓게 된다.

　병아리를 소에 싣고 와서 약 이십 마리를 내려놓고 소고삐를 기둥에 잡아맸다. 이 꿈은 다음날 현실에서 굴비 장수가 와서 굴비 두 타래를 사고 그것을 기둥에 걸어놓는 것을 예시했다. 병아리는 굴비, 오촌은 굴비 장수, 소는 그 집 주인의 굴비 타래를 이것저것 골라낼 것을 암시하고 있었으며, 소고삐는 굴비를 짚으로 엮은 끈이 인상적이기 때문에 비유된 것이다.

　닭띠인 甲이라는 사람의 출생이 1945년 12월 22일생(乙酉生)이라면 생명의 숫자는 1+9+4+5+1+2+2+2=26이므로 2+6=8이다. 1차수는 4(2+2)다. 따라서 甲이 복권을 비롯하여 투자하기 좋은 날을 계산하면 다음과 같다. 모든 닭띠를 포함한다.

　1) 닭띠의 고유 숫자 : 10

2) 당첨 확률이 높은 계절 : 9월

3) 당첨 확률이 높은 날 : 10, 14, 18, 22, 26, 30일이다.

4) 복권을 구입하거나 배팅가능시간 : 5시에서 7시

5) 복권을 사는 방위 : 서쪽

〈사례 1〉 甲의 이름은 김영식이다. 甲의 운명수를 찾아 배팅하려고 할 때 어떤 숫자 조합이 유리하겠는가?

(해설) 甲의 1차수는 4, 2차수는 8이다. 3차수는 14이고 4차수는 26이다. 여기에서 甲은 가장 하위의 숫자에서 비교적 당첨 빈도가 높은 9를 취하고, 중간 숫자에서는 25와 27을 취했으며 상위에서는 40과 41을 취했다. 이것을 올림차순으로 정리하면,

04-08-09-14-25-26-27-40-41의 배열이 된다. 이러한 숫자를 당첨 확률이 높은 조합을 만들면,

1) 14-25-26-27-40-41 (3:3)

2) 04-08-09-14-25-41 (3:3)

3) 04-08-09-14-40-41 (2:4)

4) 04-08-09-14-25-26 (2:4)

5) 04-08-26-27-40-41 (2:4)

6) 09-14-25-26-27-40 (3:3)

7) 08-09-14-25-26-27 (3:3)

8) 40-25-26-27-40-41 (3:3)

〈사례 2〉 위의 사례에서 하위의 3자 중에서 4를 제거하고, 중간에서 25를 제거하여 숫자를 배합하였다. 이렇게 하였을 때의 올림차순으로 정리하면 8-9-14-26-27-40-41이 된다. 이 숫자에서 당첨 확률이 높은 숫자 조합을 만들려면?

(해설) 숫자의 조합은 다음과 같다.

    1) 08-09-14-26-27-40 (2:4)

    2) 08-09-14-26-27-41 (3:3)

    3) 08-09-14-26-40-41 (2:4)

    4) 08-09-14-27-40-41 (3:3)

    5) 08-09-26-27-40-41 (3:3)

    6) 08-14-26-27-40-41 (2:4)

    7) 09-14-26-27-40-41 (3:3)

11. 개의 속성

개는 소나 말과 같이 인간에게 충성스럽고 집을 지켜주며 귀염을 받기도 한다. 충직하고 의지적이며 봉사 정신과 충성심이 강하다. 이러한 장점이 있는 반면, 천박한 개는 불결하고 음탕하다. 이러한 공통성과 유사성을 이끌어서 법관, 경찰관, 신문 기자, 탐험가, 저술가, 유지, 감시원, 충복, 경비원, 식모, 머슴 등을 동일시하거나 때로는 미운 사람, 간부, 스파이, 천박한 사람을 동일시할 수도 있다. 또한 부정, 전염병, 방해물 등을 상징할 수 있고, 그 밖에 사건이나 일거리의 상징물이 될 수 있으며 사납고 무서운 위용을 지닌 개는 유지나 아버지, 남편의 동일시가 될 수 있다.

개띠인 甲이라는 사람의 출생이 1982년 3월 4일생(壬戌生)이라면 생명의 숫자는 1+9+8+2+3+4=27이므로 2+7=9이다. 1차수는 4다. 따라서 甲이 복권을 비롯하여 투자하기 좋은 날을 계산하면 다음과 같다.(모든 개띠를 포함한다)

1) 개띠의 고유 숫자 : 11
2) 당첨 확률이 높은 계절 : 10월

3) 당첨 확률이 높은 날 : 11, 19, 28일이다.

4) 복권을 구입하거나 배팅가능시간 : 7시에서 9시

5) 복권을 사는 방위 : 서북 간

〈사례 1〉 甲의 이름은 노상일이다. 그의 운명수를 참조하여 로또 6/45의 배팅을 할 경우 최상의 숫자 조합을 찾는다면?

(해설) 甲의 1차수는 4이고 2차수는 9다. 3차수는 13이다. 여기에서 위닝 숫자인 25, 37, 40, 42를 배합하는 것이 가장 먼저 생각할 수 있는 조합이다. 4-9-13-25-37-40-42는 올림차순으로 정리한 배열이다. 이러한 숫자를 당첨 가능한 숫자로 조합하면 다음과 같다.

1) 04-09-13-25-37-40 (4:2)

2) 04-09-13-25-37-42 (4:2)

3) 04-09-13-25-40-42 (3:3)

4) 04-09-13-37-40-42 (3:3)

5) 04-09-25-37-40-42 (3:3)

6) 04-13-25-37-40-42 (3:3)

7) 09-13-25-37-40-42 (4:2)

〈사례 2〉 甲의 부인(이순미)은 1985년 5월 7일 생이다. 甲은 부인과 자신의 운명수를 위주로 숫자 조합을 하려고 한다. 어떤 조합을 해야만 당첨 가능성이 있는가?

(해설) 먼저 부인의 운명수를 찾아야 한다. 1차수는 7이다. 2차수는 8(1+9+8+5+5+7=35), 3차수는 11이다. 그런데 甲이 부인의 운명수를 합하려 든 것은 부인이 돼지꿈을 꾸었기 때문이었다. 그러므로 숫자조합에서 다시 12를 플러스했다. 이렇게 하여 올림차순으로 배열하면 4-7-8-9-11-12-13이었다. 이 숫자의 최소한의 당첨 가능한 조합은 다음과 같다.

1) 04-07-08-09-11-12 (3:3)

2) 04-07-08-09-11-13 (4:2)

3) 04-07-08-09-12-13 (3:3)

4) 04-07-08-11-12-13 (3:3)

5) 04-07-09-11-12-13 (4:2)

6) 04-08-09-11-12-13 (3:3)

7) 07-08-09-11-12-13 (4:2)

12. 돼지의 속성

　돼지는 멧돼지와 집돼지가 있다. 멧돼지는 야생 동물로 힘세고 사납다. 이빨이 뿔같이 나와 그것으로 적을 공격한다. 집돼지는 집에서 키우고 순응성과 번식력이 강해 새끼를 많이 낳고 우리에 가둬 기른다. 돼지는 가축으로써 수익성이 높고 육류로서의 음식 재료가 된다. 돼지는 털, 가죽, 뼈대까지도 공업용이나 약용으로 사용돼서 하나도 버릴 것이 없다. 사고 팔 수 있어 돈으로 바꿀 수 있다.

　이런 특성이 재물, 작품, 돈, 사업체, 복권 일거리 등을 상징하며 다른 동물과 마찬가지로 사람의 성격이나 신분, 운세 등을 동일시할 수 있다. 하지만 돼지꿈만 꾸면 재물이 생긴다고 믿는 것은 잘못이다. 돼지는 재물이나 사람, 일거리, 사건 등 여러 가지를 상징할 수 있고 꿈의 내용 여하에 따라 만족과 불만 어느 모로나 암시적 표현을 할 수 있기 때문이다.

　돼지띠인 甲이라는 사람의 출생이 1947년 8월 3일생(丁亥生)이라면 생명의 숫자는 1+9+4+7+8+3=32이므로 3+2=5이다. 1차수는 3이다. 따라서 甲이 복권을 비롯하여 투자하기 좋은 날을 계산하면 다음과 같다.(모든 돼지띠를 포함한다)

1) 돼지띠의 고유 숫자 : 12

2) 당첨 확률이 높은 계절 : 11월

3) 당첨 확률이 높은 날 : 12, 15, 18, 21, 24, 27, 30일이다.

4) 복권을 구입하거나 배팅가능시간 : 9시에서 11시

5) 복권을 사는 방위 : 서북 간

〈사례 1〉 甲은 이름이 문신우다. 그는 평소에 좋아하는 숫자가 있었다. 01, 03, 07, 08, 27이 그것이었다. 이번에는 甲이 평소 좋아하는 숫자 배합으로 당첨 가능한 조합을 만들어 보았으면 하는데?

(해설) 우선 甲의 1차수는 3, 2차수는 5다. 3차수는 13이다.

모든 숫자를 올림차순으로 배열하면,

01-03-05-07-08-13-27이다. 여기에서 최소한의 당첨 조합을 만들면 다음과 같다.

1) 01-03-05-07-08-13 (4:2)

2) 01-03-05-07-08-27 (5:1)

3) 01-03-05-07-13-27 (6:0)

4) 01-03-05-08-13-27 (5:1)

5) 01-03-07-08-13-27 (5:1)

6) 01-05-07-08-13-27 (5:1)

7) 03-05-07-08-13-27 (5:1)

〈사례 2〉 甲은 이번에는 자신이 별로 좋아하지 않은 숫자들로서 조합을 생각해 보았다. 그가 탐탁스럽게 여기지 않은 숫자는 02, 04, 13, 24, 34, 44였다. 이것으로 배합하여 최대한의 당첨 조합을 만들려면 어떻게 해야 하는가?

(해설) 올림차순으로 배열하면,

02-03-04-05-13-24-34-44이다. 이 숫자는 연속된 4개의 숫자가 당첨 확률은 지극히 낮으므로 4를 제거하여,

02-03-05-13-24-34-44를 만들었다. 이것으로 조합하면 다음과 같다.

1) 02-03-05-13-24-34 (3:3)
2) 02-03-05-13-24-44 (3:3)
3) 02-03-05-13-34-44 (3:3)
4) 02-03-05-24-34-44 (2:4)
5) 02-03-13-24-34-44 (2:4)
6) 02-05-13-24-34-44 (2:4)
7) 03-05-13-24-34-44 (3:3)

제6장
이런 조합을 제거하라

짝수와 홀수의 조합 비율은 당첨 확률과 깊은 관계가 있다. 특히 홀짝의 비율이 2:4, 3:3, 4:2의 합이 87%라는 당첨 비율을 나타내고 있는 것도 증명되었다. 그러므로 위닝winning 숫자를 배팅하여 잭팟을 터뜨리기 위해서는 당첨 확률 87%를 본인이 만들어가야 하는 것이다. 어떻게 만들 것인가?

1. 셋으로 분류한 단락

로또 6/45 게임은 1에서 45까지의 수로 배팅한다. 여기에는 가장 빈번히 나오는 숫자가 있고, 또 그렇지 않은 숫자가 있다. 이러한 숫자에 대해 분석하기 전에 우선은 1에서 45까지의 수를 세 단락으로 나눈다.

　A 단락은 1에서 15까지
　B 단락은 16에서 30까지
　C 단락은 31에서 45까지

〈예제 1〉 1에서 15까지의 수로 배팅한다고 볼 때, 최우선적인 배팅 방법은 앞장에서 본 것처럼 짝수와 홀수의 조합이 2:4, 3:3, 4:2가 되어야 최대한의 당첨을 생각할 수 있다. 그러한 배율로 조합하면 어떤 숫자 조합이 이루어지는가?

(해설) 최대한의 당첨이 가능한 조합은 다음과 같이 도출시킬 수가 있다. / 표시가 있는 곳의 숫자는 배팅한 숫자의 합이다.

1) 01-02-03-04-05-06 (3:3) / 21
2) 01-02-03-04-05-07 (4:2) / 22
3) 01-02-03-04-14-15 (3:3) / 39
4) 03-04-05-06-07-08 (3:3) / 33
5) 09-10-11-12-13-14 (3:3) / 69
6) 08-09-10-11-12-13 (3:3) / 63
7) 07-08-09-10-11-12 (3:3) / 57
8) 06-07-08-09-10-11 (3:3) / 51
9) 02-03-04-05-06-07 (3:3) / 27
10) 01-11-12-13-14-15 (4:2) / 66
11) 05-06-07-08-09-10 (3:3) / 45
12) 04-05-06-07-08-09 (3:3) / 39
13) 01-02-03-13-14-15 (4:2) / 48
14) 10-11-12-13-14-15 (3:3) / 75
15) 01-02-12-13-14-15 (3:3) / 57

※위에서 보는 것처럼 1에서 15까지의 숫자 조합(플러스 알파조합)으로 최대당첨 가능조합은 위의 열다섯 가지의 경우다. 즉, 홀짝수의 비율이 2:4, 3:3, 4:2로서 87%의 당첨 가능성을 내포하기 때문이다.

〈예제 2〉 예제 1의 열다섯 가지 당첨 가능한 조합 중에서 '합의 범위법'을 택하여 조합을 고른다면?

(해설) 합의범위법이란, 당첨가능성이 있는 숫자의 합이 120에서 180까지에 이르는 것을 뜻한다.

이런 기준에서 보면 〈예제 1〉의 열다섯 가지 조합을 점검하면 다음과 같이 나타낼 수 있다.

1)은 21,	2)는 22,	3)은 39,
4)는 33,	5)는 69,	6)은 63,
7)은 57,	8)은 51,	9)는 27,
10)은 66,	11)은 45,	12)는 39,
13)은 48,	14)는 75,	15)는 57

※비록 〈예제 1〉에서 홀짝수의 당첨 가능성이 많은 조합을 만들었다고 해도 그것이 합의 범위에 크게 미달되므로 특별한 사유(예를 들면 신묘한 꿈이나 예시)가 없는 한 택하지 않는다.

〈예제 3〉16에서 30까지의 수로 배팅 하려고 할 때 당첨가능성이 높은 홀짝수의 조합은 어떻게 되는가?

(해설) 최대한의 당첨 가능성이 높은 조합은 다음과 같다.

  1) 24-25-26-27-28-29 (3:3) / 159
  2) 18-19-20-21-22-23 (3:3) / 123
  3) 22-23-24-25-26-27 (3:3) / 147
  4) 16-17-18-19-20-21 (3:3) / 111
  5) 21-22-23-24-25-26 (3:3) / 131
  6) 16-17-18-19-20-30 (2:4) / 120
  7) 16-26-27-28-29-30 (2:4) / 147
  8) 16-17-27-28-29-30 (3:3) / 147
  9) 16-17-18-27-29-30 (3:3) / 137
 10) 20-21-22-23-24-25 (3:3) / 130
 11) 19-20-21-22-23-24 (3:3) / 129
 12) 16-17-18-28-29-30 (2:4) / 138
 13) 25-26-27-28-29-30 (3:3) / 165
 14) 17-18-19-20-21-22 (3:3) / 117
 15) 23-24-25-26-27-28 (3:3) / 153

※위에서 보는 것처럼 〈예제 3〉은 홀짝의 비율과 합의범위의 숫자의 합을 충분히 충족시켰다. 그러나 이것만으로는 부족하다. 연금술사가 불순물을 걸러내듯 다음의 몇 가지를

생각할 수 있기 때문이다.

　〈예제 4〉 위의 숫자 조합에서 5개 이상이 같은 십(10)의 자리에서 걸러내면 남는 것은?

　(해설) 연속된 숫자나 같은 십의 자리에 있는 것을 뜻한다. 그것을 걸러내면 남은 것은 다음과 같다.

　8) 16-17-18-27-29-30이다.

　그러나 이 배열의 조합 역시 연속된 3개의 수와 2개의 연속 수가 있으므로 잭팟을 터뜨릴 확률은 없다고 봐야 할 것이다.

　〈예제 5〉 31에서 45까지의 숫자로 당첨 가능성이 있는 숫자 조합을 한다고 할 때, 어떤 조합이 가능한 것인가?

　(해설) 우선은 홀짝수의 조합을 시작한다.

　1) 39-40-41-42-43-44 (3:3)

　2) 32-33-34-35-36-37 (3:3)

　3) 37-38-39-40-41-42 (3:3)

　4) 35-36-37-38-39-40 (3:3)

　5) 31-32-33-34-35-36 (3:3)

　6) 36-37-38-39-40-41 (3:3)

　7) 33-34-35-36-37-38 (3:3)

　8) 40-41-42-43-44-45 (3:3)

9) 31-32-33-34-35-45 (4:2)

10) 31-41-42-43-44-45 (4:2)

11) 31-32-33-34-44-45 (3:3)

12) 31-32-42-43-44-45 (3:3)

13) 34-35-36-37-38-39 (3:3)

14) 31-32-33-43-44-45 (4:2)

15) 38-39-40-41-42-43 (3:3)

※위의 숫자 배합에서 홀짝수의 조합이 원만하게 이루어 졌다고 해도, 이것은 연속된 수의 십 자리가 이어지고 있으므로 소용없는 조합이다. 그러므로 31에서 45까지의 배팅 조합은 가능성이 희박하다고 보는 것이 옳다.

2. 여섯으로 분류된 단락

이것은 1부터 45까지의 숫자를 여섯 단락으로 나누는 것을 의미한다.

A단락은 1에서 7까지
B단락은 8에서 15까지
C단락은 16에서 22까지
D단락은 23에서 30까지
E단락은 31에서 37까지
F단락은 38에서 45까지

위의 여섯 단락에서 15자리의 수를 만들어 당첨이 가능한 숫자 조합을 만들려면, 다음의 몇 가지를 생각할 수 있다.

〈A단락〉
1) A+C
2) A+D
3) A+E
4) A+F

〈B단락〉

1) B+C

2) B+D

3) B+E

4) B+F

〈C단락〉

1) C+E

2) C+F

〈D단락〉

1) D+E

2) D+F

   ※이렇게 분류하면 일단은 배팅이 가능한 분류는 열두 가지로 나누어져 있음을 알 수 있다. 잭팟은 바로 크게는 여섯 개, 세부적으로 열두 가지로 분류된 숫자의 조합에서 나올 수 있는 확률이 바로 87%라는 것이다.

(1) A단락의 숫자 조합

앞에서 설명한 것처럼 A단락은 네 가지로 분류한다. 즉,
1) A+C
2) A+D
3) A+E
4) A+F가 그것이다.

〈예제 6〉 A+C의 숫자에서 당첨 가능성이 있는 숫자 조합
을 찾아내면?
(해설) A단락은 1에서 7까지의 숫자다. 그리고 C단락의 숫
자는 16에서 22 사이의 숫자다. 이들을 배합하여 최대당첨 가
능성이 있는 숫자 조합을 만들면 다음과 같다.

1) 17-18-19-20-21-22 (3:3)
2) 07-16-17-18-19-20 (3:3)
3) 04-05-06-07-16-17 (3:3)
4) 05-06-07-16-17-18 (3:3)
5) 06-07-16-17-18-19 (3:3)
6) 01-02-03-04-05-06 (3:3)
7) 01-18-19-20-21-22 (3:3)
8) 01-02-03-04-05-22 (3:3)
9) 03-04-05-06-07-16 (3:3)

10) 01-02-19-20-21-22 (3:3)

11) 01-02-03-20-21-22 (3:3)

12) 02-03-04-05-06-07 (3:3)

13) 01-02-03-04-21-22 (3:3)

14) 16-17-18-19-20-21 (3:3)

〈예제 7〉위의 〈예제 6〉의 숫자 조합에서 연속된 4자 이상의 십의 수를 골라내면?

(해설) 4자 이상이 연속되는 것은 당첨 확률이 제로에 가깝다. 당연히 걸러내야 한다. 그렇게 하여 구한 것은 4)와 11)이다. 그러나 이것 역시 연속된 3자리 수의 진행이므로 당첨 확률은 희박하다.

4) 05-06-07-16-17-18 (3:3)

11) 01-02-03-20-21-22 (3:3)

〈예제 8〉 A+D의 조합은?

(해설) 앞에서 설명한 것처럼 A는 1에서 7까지의 수다. 또 D에 해당하는 숫자는 23에서 30이다. 이러한 숫자를 사용하여 당첨 가능성이 있는 홀짝수의 조합을 하면 다음같이 나타낼 수 있다.

1) 23-24-25-26-27-28 (3:3)
2) 02-03-04-05-06-07 (3:3)
3) 01-02-03-04-29-30 (3:3)
4) 06-07-23-24-25-26 (3:3)
5) 01-02-03-28-29-30 (3:3)
6) 01-26-27-28-29-30 (3:3)
7) 01-02-03-04-05-06 (3:3)
8) 25-26-27-28-29-30 (3:3)
9) 07-23-24-25-26-27 (3:3)
10) 01-02-03-04-05-30 (3:3)
11) 01 -02-27-28-29-30 (3:3)
12) 03-04-05-06-07-23 (4:2)
13) 04-05-06-07-23-24 (3:3)
14) 05-06-07-23-24-25 (4:2)
15) 24-25-26-27-28-29 (3:3)

〈예제 9〉 위의 조합에서 연속된 4자리 수의 조합을 골라내어 배팅 가능한 조합을 찾는다면?

(해설) 우선적으로 연속된 4자리의 십 자리 수를 찾아내어 그 나머지를 골라낸다.

5) 01-02-03-28-29-30 (3:3)

14) 05-06-07-23-24-25 (4:2)

그러나 위의 조합 역시 연속된 3자리 수의 연속이므로 당첨 가능성이 희박하다.

〈예제 10〉 A+E의 조합은?

(해설) A는 1부터 7까지, E는 31에서 37까지다. 최대당첨 가능조합은 다음과 같다.

1) 06-07-31-32-33-34 (3:3)
2) 01-02-03-04-5-37 (4:2)
3) 01-02-03-04-36-37 (3:3)
4) 01-02-03-04-05-06 (3:3)
5) 01-33-34-35-36-37 (4:2)
6) 01-02-03-35-36-37 (4:2)
7) 32-33-34-35-36-37 (3:3)
8) 03-04-05-06-07-31 (4:2)
9) 07-31-32-33-34-35 (4:2)
10) 01-02-34-35-36-37 (3:3)
11) 02-03-04-05-06-07 (3:3)
12) 31-32-33-34-35-36 (3:3)
13) 05-06-07-31-32-33 (4:2)
14) 04-05-06-07-31-32 (3:3)

〈예제 11〉 연속된 4자리 수를 제외시키고 배팅이 가능한 조합을 찾는다면?

(해설) 가능한 조합은 다음과 같다.

6) 01-02-03-35-36-37 (4:2)

13) 05-06-07-31-32-33 (4:2)

3자리 수의 조합 역시 당첨 확률이 희박하다.

〈예제 12〉 A+F의 조합은?

(해설) A는 1에서 7까지, F는 38에서 45까지의 수이다. 당첨이 가능한 최대의 조합은 다음과 같다.

1) 02-03-04-05-06-07 (3:3)
2) 01-02-03-04-05-45 (4:2)
3) 03-04-05-06-07-38 (3:3)
4) 01-02-03-43-44-45 (4:2)
5) 07-38-39-40-41-42 (3:3)
6) 01-02-42-43-44-45 (3:3)
7) 01-02-03-04-44-45 (3:3)
8) 06-07-38-39-40-41 (3:3)
9) 01-41-42-43-44-45 (4:2)
10) 04-05-06-07-38-39 (3:3)
11) 01-02-03-04-05-06 (3:3)
12) 40-41-42-43-44-45 (3:3)
13) 38-39-40-41-42-43 (3:3)
14) 39-40-41-42-43-44 (3:3)
15) 05-06-07-38-39-40 (3:3)

〈예제 13〉 위의 〈예제 12〉에서 당첨이 가능한 최대조합을 찾는다면?

(해설) 다음과 같다.

  4) 01-02-03-43-44-45 (4:2)

15) 05-06-07-38-39-40 (3:3)

※그러나 위의 경우는 4자리 수를 제거하고 3자리를 골랐지만 이 역시 당첨 확률은 희박하다.

(2) B 단락의 숫자 조합

B 단락은 다음의 네 가지로 분류한다.

1) B+C

2) B+D

3) B+E

4) B+F가 그것이다.

〈예제 14〉 B+C의 조합은?

(해설) B는 8에서 15까지의 숫자다. 또한 C는 16에서 22까지의 숫자다. 이들 숫자의 조합에서 당첨 가능한 홀짝수의 조합은 다음과 같이 찾을 수 있다.

1) 08-09-10-11-21-22 (3:3)
2) 10-11-12-13-14-15 (3:3)
3) 11-12-13-14-15-16 (3:3)
4) 08-09-10-20-21-22 (2:4)
5) 08-09-10-11-12-22 (2:4)
6) 16-17-18-19-20-21 (3:3)
7) 15-16-17-18-19-20 (3:3)
8) 12-13-14-15-16-17 (3:3)
9) 08-09-19-20-21-22 (3:3)
10) 13-14-15-16-17-18 (3:3)
11) 17-18-19-20-21-22 (3:3)
12) 09-10-11-12-13-14 (3:3)
13) 14-15-16-17-18-19 (3:3)
14) 08-09-10-11-12-13 (3:3)
15) 08-18-19-20-21-22 (3:4)

※위의 홀짝수는 당첨 확률이 높은 쪽으로 배합한 것이다. 그러나 실제적으로는 이러한 B+C의 조합이 연속된 숫자의

배합으로 당첨 확률이 희박한 것임을 알 수 있다.

〈예제 15〉 B+D의 조합은?

(해설) B는 8에서 15까지의 숫자다. 또한 D는 23에서 29까지의 숫자다. 홀짝수의 배합으로 당첨가능성이 있는 조합을 하면 다음과 같다.

1) 13-14-15-23-24-25 (4:2)
2) 23-24-25-26-27-28 (3:3)
3) 08-09-10-11-12-13 (3:3)
4) 08-25-26-27-28-29 (3:3)
5) 11-12-13-14-15-23 (4:2)
6) 08-09-10-27-28-29 (3:3)
7) 24-25-26-27-28-29 (3:3)
8) 09-10-11-12-13-14 (3:3)
9) 14-15-23-24-25-26 (3:3)
10) 15-23-24-25-26-27 (4:2)
11) 08-09-10-11-28-29 (3:3)
12) 12-13-14-15-23-24 (3:3)
13) 08-09-26-27-28-29 (3:3)
14) 08-09-10-11-12-29 (3:3)
15) 11-12-13-14-15-16 (3:3)

※위의 홀짝수는 당첨 확률이 높은 것으로 조합한 것이다. 그러나 B+D의 숫자 조합 역시 당첨 확률이 희박한 것임을 한 눈에 알 수 있다.

〈예제 16〉 B+E의 조합은?

(해설) B는 8에서 15까지의 숫자이고 E는 31에서 37까지의 숫자다. 홀짝수의 배합으로 당첨 확률이 높은 조합은 다음과 같다.

 1) 08-09-10-11-12-45 (3:3)

 2) 08-09-42-43-44-45 (3:3)

 3) 08-09-42-43+44-45 (3:3)

 4) 11-12-13-14-15-39 (4:2)

 5) 12-13-14-15-39-40 (3:3)

 6) 13-14-15-39-40-41 (4:2)

 7) 40-41-42-43-44-45 (3:3)

 8) 39-40-41-42-43-44 (3:3)

 9) 08-09-10-11-44-45 (3:3)

10) 08-09-10-43-44-45 (3:3)

11) 08-09-10-11-12-13 (3:3)

12) 15-39-40-41-42-43 (4:2)

13) 14-15-39-40-41-42 (3:3)

14) 08-41-42-43-44-45 (3:3)

15) 09-10-11-12-13-14 (3:3)

※위의 B+F 배율에서 당첨가능성이 높은 홀짝수의 조합을 한 것이다. 이것으로 볼 때, B+F의 조합에서는 당첨 확률이 희박함을 알 수 있다.

(3) C 단락의 숫자 조합

C 단락은 다음의 두 가지로 분류한다.
1) C+D
2) C+E가 그것이다.

〈예제 17〉 C+E의 조합은?

(해설) C는 16에서 22까지의 숫자다. 또한 E는 31에서 38까지의 숫자다. 이러한 두 단락의 수를 배합하여 당첨 가능성이 높은 조합을 한다면 다음과 같다.

1) 20-21-22-31-32-33
2) 22-31-32-33-34-35
3) 16-17-18-19-20-38
4) 32-33-34-35-36-37
5) 17-18-19-20-21-22
6) 19-20-21-22-31-32
7) 31-32-33-34-35-36
8) 16-17-18-19-37-38
9) 18-19-20-21-22-23
10) 16-34-35-36-37-38
11) 16-17-35-36-37-38
12) 21-22-31-32-33-34
13) 16-17-18-19-20-21
14) 33-34-35-36-37-38
15) 16-17-18-36-37-38

※위의 C+E의 홀짝수 조합에서 보듯 연속된 숫자가 빈번하므로 잭팟을 터뜨릴 확률이 희박함을 알 수 있다.

〈예제 18〉 C+F의 조합은?

(해설) C는 16에서 22까지의 숫자다. 또한 F는 38에서 45까지이 숫자다. 이들 숫자의 배합을 당첨가능성이 높은 홀짝수의 조합으로 표시하면 다음과 같다.

1) 16-41-42-43-44-45
2) 40-41-42-43-44-45
3) 16-17-18-19-44-45
4) 38-39-40-41-42-43
5) 17-18-19-20-21-22
6) 22-38-39-40-41-42
7) 16-17-18-43-44-45
8) 16-17-18-43-44-45
9) 21-22-39-40-41-42
10) 39-40-41-42-43-44
11) 20-21-22-38-39-40
12) 16-17-42-43-44-45
13) 16-17-18-19-20-21
14) 18-19-20-21-22-38
15) 19-20-21-22-38-39

※위의 C+E의 배팅에서 보듯 홀짝수의 비율을 참고하면 잭팟을 터뜨릴 당첨 확률이 희박한 것임을 알 수 있다.

(4) D 단락의 숫자 조합

D 단락은 다음의 두 가지로 분류한다.
1) D+E
2) D+F가 그것이다.

〈예제 19〉 D+E의 조합은?

(해설) D는 23에서 30이다. E는 31에서 37이다. 이러한 숫자를 당첨가능성이 높은 홀짝수로 조합하면 다음과 같다.

1) 28-29-30-31-32-33
2) 23-24-25-26-27-37
3) 23-24-25-26-27-28
4) 23-24-25-35-36-37
5) 27-28-29-30-31-32
6) 23-33-34-35-36-37
7) 23-24-34-35-36-37
8) 29-30-31-32-33-34
9) 30-31-32-33-34-35
10) 31-32-33-34-35-36
11) 26-27-28-29-30-31
12) 24-25-26-27-28-29
13) 23-24-25-26-36-37

14) 32-33-34-35-36-37
15) 25-26-27-28-29-30

※위의 D+E의 배합에서 홀짝수로 조합된 숫자들을 보면 잭팟을 터뜨리는 확률이 희박한 것임을 알 수 있다.

〈예제 20〉 D+F의 조합은?

(해설) D는 23에서 30까지의 숫자다. 또한 F는 39에서 45까지의 숫자다. 이들 숫자들을 홀짝수의 배합으로 당첨 확률이 높은 조합을 만들면 다음과 같다.

1) 28-29-30-39-40-41

2) 39-40-41-42-43-44

3) 24-25-26-27-28-29

4) 23-24-25-26-27-28

5) 26-27-28-29-30-39

6) 27-28-29-30-39-40

7) 40-41-42-43-44-45

8) 23-24-25-43-44-45

9) 29-30-39-40-41-42

10) 23-41-42-43-44-45

11) 25-26-27-28-29-30

12) 23-24-25-26-44-45

13) 30-39-40-41-42-43

14) 23-24-25-26-27-28

15) 23-24-42-43-44-45

※위의 D+F의 배합 역시 홀짝수로 조합된 것을 분석하면 잭팟을 터뜨릴 가능성이 희박한 것임을 알 수 있다.

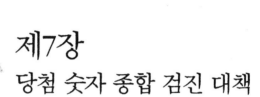

제7장
당첨 숫자 종합 검진 대책

1. 제1회 차 당첨숫자 분석

본장에서는 로또lotto 게임에 대한 당첨숫자의 종합 검진표의 검색입니다. 이 검진 표는 한눈에 위닝winning 숫자를 검색할 수 있는 일종의 차트와 같은 역할을 충실해 해줄 것입니다. 또한 당첨 숫자를 분석하는 것은 다음 장(章)에서 검색에 들어가는 홀짝 수의 비율과 밀접한 관계가 있으며, 로우 하이의 분석과 숫자의 합과도 긴밀한 관계를 유지합니다. 그러므로 검진 표를 유념하여 살펴보시기 바랍니다.

로또 6/45 1회 차 당첨 숫자

1	2	3	4	5	6	7
8	9	**10**	11	12	13	14
15	16	17	18	19	20	21
22	**23**	24	25	26	27	28
29	30	31	32	**33**	34	35
36	**37**	38	39	**40**	41	42
43	44	45				

당첨번호 / 10-23-29-33-37-40+16(보너스 볼)

추첨일 / 2002. 12. 07

지급기한 / 2003. 03. 10

1등 당첨금액 / 863,604,600원 (당첨자 없음. 이월)

2등 당첨금액 / 143,934,100월 (당첨자 1명)

3등 당첨금액 / 5,140,500원 (당첨자 103명)

4등 당첨금액 / 113,400원 (당첨자 2,537명)

5등 당첨금액 / 10,000원 (당첨자 40,155명)

홀짝수 조합 / 4:2

로우 하이 조합 / 1:5

숫자의 합 / 172

　

〈사례 1〉 나라 전체가 로또 게임의 열풍에 휩싸이면서 사람마다 새로운 형태의 '로또 관'을 형성하게 되었다. 자신이 생각할 때에 본인은 어떤 유형의 사람인지를 분석해 보는 것도 의미 있는 일일 것이다.

(해설) 이러한 유형은 다음의 몇 가지로 나누어 생각해 볼 수 있다. 물론 이것은 직장인들 사이에 유행하는 것이므로 한 번쯤 되새겨볼 필요가 있다.

첫째는 '일확천금 형'이다.

로또 게임의 당첨 확률이 815만분의 1이다 보니 사실상 당첨된다는 것은 어려운 일인데도 마치 당첨될 것 같은 착각에 빠지는 경우다. 그러기 때문에 마음속으로든 행동으로든 복권영수증을 '마음의 신주단지'처럼 모시고 있는 유형이다.

둘째는 '무조건 행복한 형'이다.

이것은 당첨이 되는 것은 차치하고 로또의 영수증만 가지고 있어도 마음이 든든하여 행복해 하는 형이다. 이것은 복표를 지니고 있음으로써 일주일간이 무엇엔가 뿌듯하게 차오르는 것처럼 행복감에 젖는 경우다.

셋째는 '분석 형'이다.

이런 유형의 사람들은 로또 게임 자체를 일종의 확률 게임으로 생각하여 머리싸움을 하는 것이라고 믿는 형이다. 그러므로 직장에서 이런 유형의 사람들은 일종의 계(契)와 같은 것을 만들어 로또에 대한 강한 도전 의식을 세워 나간다.

넷째는 '로또 불필요 형'이다.

이런 유형은 로또가 사행심만을 조장하는 불필요한 것이라고 일소에 몰아 부치는 형이다. 즉, 이 사회를 위해서 아무런 필요가 없다고 믿는 형이다.

2. 제2회 차 당첨 숫자 분석

제1회와는 달리 제2회 부터는 로또 6/45 게임이 과열 양상을 보이기 시작했다.

로또 6/45 2회 차 당첨 숫자

1	2	3	4	5	6	7
8	9	10	11	12	13	14
15	16	17	18	19	20	21
22	23	24	25	26	27	28
29	30	31	32	33	34	35
36	37	38	39	40	41	42
43	44	45				

당첨번호 / 09-13-21-25-32-42+02(보너스 볼)

추첨일 / 2002. 12. 14

지급기한 / 2003. 03. 17

1등 당첨금액 / 2,002,006,800원 (당첨자 1명)

2등 당첨금액 / 94,866,800원 (당첨자 2명)

3등 당첨금액 / 1,842,200원 (당첨자 103명)

4등 당첨금액 / 100,800원 (당첨자 3,763명)

5등 당첨금액 / 10,000원 (당첨자 55,480명)

홀짝수 조합 / 4:2
로우 하이 조합 / 3:3
숫자의 합 / 142

〈사례 2〉 명당 복권만을 판매하는 점포는 존재하는가?

(해설) 로또 복권 2회 차에서 1등에 당첨된 조 모 씨가 구입한 로또 복권 판매점은 인천시 청천동 '운수대통 복권판매점'이다. 이곳은 그 동안 매스컴과 사람의 입으로 전해진 탓인 지 출퇴근 시간이면 북새통을 이룬다. 어느 역술인(易術人)에게 '과연 명당 자리는 있는가?'에 대해 물은 적이 있었다. 그러나 역술인은 고개를 젓는다. 그런 자리는 없다는 것이다. 굳이 명당자리에 대해 설명을 하자면, 복권이 많이 팔려 1등이 나옴으로써 명당자리가 만들어지는 곳이 바로 명당이라고 밝힌다. 그 동안 1등을 배출한 명소(복권 판매점)로 알려진 곳은 다음과 같다.

〈서울 지역〉
1) 신림두림점 : 관악구 신림동 LG25 편의점
2) 구로제일점 : 구로구 구로동 LG25 편의점
3) 마장동 가판대 : 성동구 마장동 가판 판매대
4) 국민은행 원당지점 : 고양시 덕양구
5) 국민은행 소사 본동지점 : 부천시 소사구
6) 원종깨비점 : 부천시 오정구 훼미리마트

〈경기/인천지역〉

1) 관양1동 가판대 : 안양시 동안구 관양1동 가두판매점

2) 반도전자 : 의왕시 삼동 반도전자

3) 현대할인마트 : 이천시 신둔면 수광 1리

4) 국민은행 왜관지점 : 칠곡군 왜관읍

〈충청〉

온양온천점 : 아산시 온천동 LG25 편의점

〈경상〉

동대구시장 : 대구시 북구 대현동 천하명당복권

〈부산 〉

터미널 1호점 : 금정구 노포동 LG25 편의점

3. 제3회 차 당첨 숫자 분석

로또 6/45 3회 차 당첨 숫자

1	2	3	4	5	6	7
8	9	10	11	12	13	14
15	16	17	18	19	20	21
22	23	24	25	26	27	28
29	30	31	32	33	34	35
36	37	38	39	40	41	42
43	44	45				

로또 6/45 제3회 차 당첨 분석

당첨번호 / 11-16-19-21-27-31+30(보너스 볼)

추첨일 / 2002. 12. 21

지급기한 / 2003. 03. 24

1등 당첨금액 / 2,000,000,000원 (당첨자 1명)

2등 당첨금액 / 0원 (당첨자 0명)

3등 당첨금액 / 1,174,180원 (당첨자 139명)

4등 당첨금액 / 54,953원(당첨자 5,940명)

5등 당첨금액 / 10,000원 (당첨자 73,256명)

홀짝수 조합 / 5:1

로우 하이 조합 / 1:5

숫자의 합 / 125

〈사례 3〉 점(占) 집을 믿으십니까?

(해답) 요즘 신문지면에는 060이니 700서비스가 제공되고 있다는 것이 대문짝만하게 모습을 드러내고 있다. 물론 점집이다. 이런 곳을 이용하는 서비스요금은 각기 다르겠지만 몇 천원에서 간편하게 이용할 수 있다는 점을 강조한다. 그런데 요즘엔 로또 복권의 6자리 숫자나 복권을 구입할 날짜와 시간까지 문의하는 경우가 적지 않다는 것이다. 이를테면 '로또점집'인 셈이다. 이러한 이상 징후에 대해 박광열 한국역술인협회장은, 운이라는 것은 물이 흐르듯 자연스럽게 오는 것이므로 인위적으로 조정할 수 있는 것은 아니라고 못을 박는다.

4. 제4회 차 당첨숫자 분석

로또 6/45 4회 차 당첨 숫자

1	2	3	4	5	6	7
8	9	10	11	12	13	14
15	16	17	18	19	20	21
22	23	24	25	26	27	28
29	30	31	32	33	34	35
36	37	38	39	40	41	42
43	44	45				

로또 6/45 제4회 차 당첨 분석

당첨번호 / 14-27-30-31-40-42+02(보너스 볼)

추첨일 / 2002. 12. 28

지급기한 / 2003. 03. 31

1등 당첨금액 / 1,267,147,200원 (당첨자 없음. 이월)

2등 당첨금액 / 211,191,200원 (당첨자 1명)

3등 당첨금액 / 7,282,400원 (당첨자 29명)

4등 당첨금액 / 152,100원 (당첨자 2,777명)

5등 당첨금액 / 10,000원 (당첨자 52,382명)

홀짝수 조합 / 2:4

로우 하이 조합 / 1:5

숫자의 합 / 184

〈사례 4〉 잭팟을 터뜨리려면 숫자를 버려야 한다는데 그 방법은 무엇인가?

(해답) 요즘 항간에는 로또에 대한 무성한 말들이 난무하고 있다. 어떻게 하면 당첨 확률을 높일 수 있는가의 문제로 가장 강력하게 대두되고 있는 비법의 하나가 '숫자를 버리는 법'이다. 그렇다며 어떻게 버릴 것인가? 그것이 문제다.

첫째는 전 회 차와 전 전회 차에서 나온 숫자를 버려라.

이것은 숫자가 연속적으로 나왔을 경우 세 번째로 나올 확률이 그만큼 적다는 것을 의미한다. 예를 들면 지난 10회까지의 추첨의 예를 들어보면, 6회와 7회 차에서 연속적으로 나왔던 숫자는 26이었고 7회와 8회 차에서 연속적으로 나왔던 숫자는 25였다. 그런가하면 8회와 9회에서 나왔던 숫자는 39가 연속으로 나왔다. 그런가하면 12회와 13회에서는 25가 연속적으로 나왔다. 그러므로 14회에서는 이 숫자를 제하고 배팅하는 것이다.

둘째는 '회 차'를 염두에 둔다.

이것은 기계의 사소한 차이라고 말 할지 모르지만 그 동안에 쏟아진 추첨 볼을 보면 차이가 나는 것을 알 수 있다. 즉, 홀수 차 추첨과 짝수 차 추첨에 차이가 있다는 것이다. 홀수와 짝수 차의 추첨에는 회 차의 추첨에 따라 잘 나오는 숫자가 있다는 것이다. 그러므로 짝수 차에는 홀수 차에 많이 나왔던 숫자를 버리고 홀수 초에는 짝수 차에 많이 나왔던 숫자를 과감히 버려야 한다. 예를 들어보자. '16'이라는 숫자는 제17회 차까지 오면서 제1회(보너스 볼), 제3회, 제5회, 제7회, 제9회, 제15회 등에 모습을 드러냈을 뿐 짝수 차에는 전혀 나타나지 않고 있다.

셋째는 지금까지 한 번도 나오지 않은 것을 이용한다. 17회까지 오면서 한 번도 모습을 드러내지 않은 숫자는 5, 18, 20, 28, 35, 43 등이다. 이 숫자 가운데 취할 것과 고르는 방법을 자신만의 독특한 방법으로 골라야 한다.

5. 제5회 차 당첨 숫자 분석

로또 6/45 5회 차 당첨 숫자

1	2	3	4	5	6	7
8	9	10	11	12	13	14
15	16	17	18	19	20	21
22	23	24	25	26	27	28
29	30	31	32	33	34	35
36	37	38	39	40	41	42
43	44	45				

로또 6/45 제5회 차 당첨 분석

당첨번호 / 16-24-29-40-41-42+03(보너스 볼)

추첨일 / 2003. 01. 04

지급기한 / 2003. 04. 07

1등 당첨금액 / 3,041,094,000원 (당첨자 없음. 이월)

2등 당첨금액 / 0원 (당첨자 0명)

3등 당첨금액 / 6,033,800원 (당첨자 8명)

4등 당첨금액 / 166,500원 (당첨자 3,043명)

5등 당첨금액 / 10,000원 (당첨자 60,434명)

홀짝수 조합 / 2:4

로우 하이 조합 / 2:4

숫자의 합 / 192

〈사례 5〉 게일 하워드의 로또 비법이란?

(해설) 비법이라는 이름으로 알려진 게일 하워드의 로또 비법이란 다음의 몇 가지로 나누어 생각해 볼 수 있다.

1) 이전에 나온 당첨 번호의 조합은 불가하다.

이전에 나왔던 번호가 다시 나올 확률은 15만 6635년이 걸린다. 확률적으로 거의 없는 셈이다.

2) 23보다 낮은 수만으로 조합하지 말라.

로또를 처음 하는 초보자들이 선택하는 조합으로 당첨 확률이 아주 희박하다.

3) 배수의 조합을 피하라.

배수의 조합이란, 5-10-15-20-25-30 등이다. 이런 조합은 설령 당첨된다고 해도 너무나 많은 사람들이 선택했기 때문에 잭팟은 고작 몇 십 만원에 불과할 뿐이다.

4) 연속되는 6개의 숫자를 피하라.

5) 한 그룹의 수의 조합을 피하라.

예를 든다면 30에서 39까지의 숫자 중에서 6개의 숫자를 고르는 것은 피해야 한다.

6) 1의 자리가 같은 수의 조합도 피하라.

예를 들어 1-11-21-31-41처럼 끝자리가 같은 숫자로 끝나는 것은 피해야 한다. 이런 수가 나올 확률은 거의 희박하다.

7) 홀수와 짝수, 높은 수와 낮은 수의 비율을 3:3, 2:4, 4:2의 조합을 취해야 한다. 모든 짝수나 모든 홀수가 나올 확률은 2%에 불과하다. 반면에 3:3, 2:4, 4:2의 확률은 87%에 육박한다. 이것은 높은 수나 낮은 수의 조합도 마찬가지다.

8) 한 그룹의 수는 없는 것으로 한다. 즉, 10단위나 20단위의 숫자를 제외시키는 것을 말한다.

9) 이전의 추첨에서 나온 번호를 하나는 포함시킨다.

이전의 추첨에서 나올 확률은 50%가 된다. 2개가 나올 확률은 20%이며, 3개가 나올 확률은 4%이다.

10) 연속적으로 나온 숫자는 제외시킨다.

11) 1개는 최근 10회의 추첨에서 나온 번호를 택하고 나머지는 나오지 않은 번호로 한다.

12) 6개수의 합은 106에서 170으로 한다.

6. 제6회 차 당첨 숫자 분석

로또 6/45 6회 차 당첨 숫자

1	2	3	4	5	6	7
8	9	10	11	12	13	14
15	16	17	18	19	20	21
22	23	24	25	26	27	28
29	30	31	32	33	34	35
36	37	38	39	40	41	42
43	44	45				

로또 6/45 제6회 차 당첨 분석

당첨번호 / 14-15-26-27-40-42+34(보너스 볼)

추첨일 / 2003. 01. 11

지급기한 / 2003. 04. 14

1등 당첨금액 / 6,574,451,700원 (당첨자 1명)

2등 당첨금액 / 197,297,600원 (당첨자 3명)

3등 당첨금액 / 4,267,300원 (당첨자 138명)

4등 당첨금액 / 87,600원 (당첨자 13,445명)

5등 당첨금액 / 10,000명 (당첨자 176,375명)

홀짝수 조합 / 2:4

로우 하이 조합 / 2:4

숫자의 합 / 164

〈사례 6〉 복권 당첨자의 인터뷰

(해설) 연합 뉴스에 발표된 내용에 다음과 같은 것이 있다. 제6회 차의 1등 당첨자는 경기도에 거주하는 평범한 40대 가장이다. 그는 6회 차 로또 복권 추첨에서 1등에 당첨되어 세금을 공제하고 51억2천8백만 원의 상금을 받았다. 다음은 인터뷰 내용이다.

문) 언제 복권을 구입했는가?

답) 지난 7일 6시쯤 복권 10만원 어치를 샀다. 이중에 지난 회 차에서 당첨자가 나오지 않은 1등 번호와 주민번호, 전화번호를 조합하여 적어 넣었다.

문) 특별한 꿈은 꾸지 않았는가?

답) 복권을 산 뒤에 계곡에 있는 웅덩이에 괸 물이 구멍으로 새어나가는 것을 막으려다가 꿈이 깨었다. 새벽 어림에 찬물을 맞는 느낌에 번쩍 눈을 떴다.

문) 당첨된 것은 언제 알았는가?

답) 신문을 보고 알았다.

문) 평소에도 복권을 샀는가?

답) 로또복권은 3회부터 사기 시작했고, 주택복권은 10여 년간 사왔다. 그러나 천 원 이상 당첨된 적은 없었다.

문) 어떤 일을 하는가?

답) 전기관련 하청업체에서 일을 하고 있다.

문) 당첨금은 어떻게 쓸 것인가?

답) 어머니를 편히 모실 수 있어 기쁘다.

7. 제7회 차 당첨 숫자 분석

로또 6/45 7회 차 당첨 숫자

1	2	3	4	5	6	7
8	9	10	11	12	13	14
15	16	17	18	19	20	21
22	23	24	25	26	27	28
29	30	31	32	33	34	35
36	37	38	39	40	41	42
43	44	45				

로또 6/45 제7회 차 당첨 분석

당첨번호 / 02-09-16-25-26-40+42(보너스 볼)

추첨일 / 2003. 01. 18

지급기한 / 2003. 04. 21

1등 당첨금액 / 2,600,913,000원 (당첨자 0명)

2등 당첨금액 / 48,165,000원 (당첨자 9명)

3등 당첨금액 / 1,605,500원 (당첨자 870명)

4등 당첨금액 / 65,500원 (당첨자 13,229명)

5등 당첨금액 / 10,000원(당첨자 206,259명)

홀짝수 조합 / 2:4

로우 하이 조합 / 3:3

숫자의 합 / 118

〈사례 7〉 꿈에도 숫자가 있는가?

(해설) 국민은행이 발표한 자료에 의하면 지난 6년 동안 주택복권과 또또복권의 1억 원 이상의 고액 당첨자가 364명이나 되었다는 것이다. 그런데 이 중에서 꿈을 꾸어서 당첨된 사람은 122명이나 되었다.

문) 어떤 꿈이 가장 좋은가?

답) 122명 가운데 19.7%인 24명이 조상 꿈을 꾸고 1등에 당첨된 것으로 나타났다. 지난 3회 차 로또 복권추첨에서는 대구의 박 모 씨(53)가 돌아가신 부모님이 홍수 속에서 자고 있는 박 씨를 깨우는 꿈을 꾸었다는 것이다. 2회 차 추첨에서는 2등 당첨자는 돌아가신 부모님의 꿈을 꾸었다고 밝혔다. 이러한 꿈 가운데 돼지꿈, 인분 꿈, 동물 꿈, 불 꿈 등이 대박을 터뜨리게 되는 조짐으로 나타나고 있다.

미국에서는 동양과는 달리 로또 복권에 대한 꿈 풀이를 다르게 해석하고 있다. 비행기는 2, 공항은 22, 석유는 41 등이다. 또 조상은 1, 대통령은 2, 집은 3, 동물은 4로 표현한다.

8. 제8회 차 당첨 숫자 분석

로또 6/45 8회 차 당첨 숫자

1	2	3	4	5	6	7
8	9	10	11	12	13	14
15	16	17	18	19	20	21
22	23	24	25	26	27	28
29	30	31	32	33	34	35
36	37	38	39	40	41	42
43	44	45				

로또 6/45 제8회 차 당첨 분석

당첨번호 / 08-19-25-31-37-39+09(보너스 볼)

추첨일 / 2003. 01. 25

지급기한 / 2003. 04. 28

1등 당첨금액 / 7336,896,000원 (당첨자 0명)

2등 당첨금액 / 131,555,000원 (당첨자 6명)

3등 당첨금액 / 2,268,100원 (당첨자 348명)

4등 당첨금액 / 110,500원 (당첨자 14,279명)

5등 당첨금액 / 10,000원 (당첨자 248,242명)

홀짝수 조합 / 4:2

로우 하이 조합 / 2:4

숫자의 합 / 162

〈사례 8〉 대박에도 공식이 있다는데?

(해설) 간단하게 예를 들어 설명하면 다음과 같다. 흔히 듣는 얘기로 45개에서 6개를 맞힐 확률은 815만분의 1이라고 했다. 그런데 당첨 확률을 높이는 방법은 있다. 이른바 대박 공식이다. 우선 1회 차에서 11회 차까지 슬립 위의 단, 1에서 7까지 추첨된 경우는 7회, 9회, 11회 차였다. 반면에 42번은 2회, 4회, 5회, 6회, 11에도 모습을 나타내고 있다. 또한 30-31, 41-42, 40-42, 26-27, 19-21 등은 당첨 확률을 높일 수 있는 방법이자 공식이다.

9. 제9회 차 당첨 숫자 분석

로또 6/45 9회 차 당첨 숫자

1	2	3	4	5	6	7
8	9	10	11	12	13	14
15	16	17	18	19	20	21
22	23	24	25	26	27	28
29	30	31	32	33	34	35
36	37	38	39	40	41	42
43	44	45				

로또 6/45 9회 차 당첨 분석

당첨번호 / 02-04-16-1736039+14(보너스 볼)

추첨일 / 2003. 02. 01

지급기한 / 2003. 05. 02

1등 당첨금액 / 25,803,852,000원 (당첨자 0명)

2등 당첨금액 / 769,456,500원 (당첨자 4명)

3등 당첨금액 / 8,743,000원 (당첨자 352명)

4등 당첨금액 / 260,000원 (당첨자 23,672명)

5등 당첨금액 / 10,000명 (당첨자 603,375명)

홀짝수 조합 / 2:4

로우 하이 조합 / 4:2

숫자의 합 / 114

〈사례 9〉 로또 6/45 게임에서 당첨 확률을 높이려면?

(해설) 통계적으로 당첨 확률은 106에서 170일 때라야 제일 높다고 했다. 제17회 추첨까지 오는 동안 37이 7번, 42가 6번이므로 이들이 행운 숫자가 아닐까 하고 생각해 보지만 개별적인 숫자 데이터는 의미가 없다. 그런데 게일 하워드가 주장하는 균형조합 시스템이라는 책에는 6개의 숫자로 72개의 조합을 만들면 된다고 했다. 이런 주장을 하게 된 것은 게일 하워드가 5년 동안 당첨 결과를 분석한 내용이었다.

10. 제10회 차 당첨 숫자 분석

로또 6/45 10회 차 당첨 숫자

1	2	3	4	5	6	7
8	9	10	11	12	13	14
15	16	17	18	19	20	21
22	23	24	25	26	27	28
29	30	31	32	33	34	35
36	37	38	39	40	41	42
43	44	45				

로또 6/45 제10회 차 당첨 분석

당첨번호 / 09-25-30-33-41-44+06(보너스 볼)

추첨일 / 2003. 02. 08

지급기한 / 2003. 05. 09

1등 당첨금액 / 83,595,692,100명 (당첨자 13명)

2등 당첨금액 / 40,813,400명 (236명)

3등 당첨금액 / 856,400명 (당첨자 11,247명)

4등 당첨금액 / 27,300명 (당첨자 703,234명)

5등 당첨금액 / 10,000명 (당첨자 3,410,846명)

홀짝수 조합 / 4:2

로우 하이 조합 / 1:5

숫자의 합 / 182

〈사례 10〉 로또 영수증은 위조가 가능한가?

(해설) 로또 영수증을 보면 편의점 같은 곳에서 어렵지 않게 구할 수 있는 평범한 것으로 생각할 수 있다. 지난 2월 8일, 10회 차 추첨에서 한 네티즌이 로또 영수증을 공개하여 화제를 뿌렸다. 자신이 잭팟을 터뜨렸다는 것이다. 번호는 맞았지만 이 영수증은 가짜였다. 얼른 보면 평범하기 짝이 없는데, 위조를 막기 위해 겹겹으로 안전장치가 되어 있었다. 특징은 대략 이러했다.

첫째, 앞면의 바탕 종이에는 눈으로 볼 수 없는 물결 모양의 홀로그램이 인쇄되어 있어 복사가 어렵다.

둘째, 뒷면에는 그냥 맨 눈으로는 볼 수 없는 표시가 인쇄되어 있다.

셋째, 수학적인 암호 코드가 숨어 있다.

그런가하면 부가장치도 있다. 이러한 로또의 보안장치들은 티켓을 구매하는 순간, 서울 서초구에 있는 데이터베이스센터에 저장되어 당첨자 대조에 사용된다.

11. 제11회 차 당첨 숫자 분석

로또 6/45 11회 차 당첨 숫자

1	2	3	4	5	6	7
8	9	10	11	12	13	14
15	16	17	18	19	20	21
22	23	24	25	26	27	28
29	30	31	32	33	34	35
36	37	38	39	40	41	42
43	44	45				

로또 6/45 제11회 차 당첨 분석

당첨번호 / 01-07-36-37-41-42+14(보너스 볼)

추첨일 / 2003. 02. 15

지급기한 / 2003. 05. 16

1등 당첨금액 / 4,780,152,300원 (당첨자 5명)

2등 당첨금액 / 362,132,700원 (당첨자 11명)

3등 당첨금액 / 9,307,100원 (당첨자 428명)

4등 당첨금액 / 206,800원 (당첨자 38,515명)

5등 당첨금액 / 10,000원 (당첨자 612,805명)

홀짝수 조합 / 4:2

로우 하이 조합 / 2:4

숫자의 합 / 164

〈사례 11〉 대박은 계속되는가?

(해설) 요즘에는 당첨금 규모가 눈덩이처럼 불어나고 있다. 10회에서 12회 차를 거치며 수십억 원의 당첨금 수령자가 늘어나고 있다. 그런데 당첨자는 5명에서 많게는 13명이나 배출되었다. 다시 말해 대박을 터뜨릴 가능성이 더욱 높아지고 있는 것이다.

12. 제12회 차 당첨 숫자 분석

로또 6/45 12회 차 당첨 숫자

1	2	3	4	5	6	7
8	9	10	11	12	13	14
15	16	17	18	19	20	21
22	23	24	25	26	27	28
29	30	31	32	33	34	35
36	37	38	39	40	41	42
43	44	45				

로또 6/45 제12회 차 당첨 분석

당첨번호 / 02-11-21-25-39-45+44(보너스 볼)

추첨일 / 2003. 02. 22

지급기한 / 2003. 05. 23

1등 당첨금액 / 13,48,845,700원 (당첨자 12명)

2등 당첨금액 / 999,144,400원 (당첨자 27명)

3등 당첨금액 / 1,417,500원 (당첨자 1,903명)

4등 당첨금액 / 70,200원 (당첨자 76,845명)

5등 당첨금액 / 10,000원 (당첨자 1,115,084명)

홀짝수 조합 / 5:1

로우 하이 조합 / 3:3

숫자의 합 / 143명

〈사례 12〉 로또는 과학인가?

(해설) 로또 게임, 인생역전을 꿈꾸는 사람들이 유형이 나타나고 있다. 그것은 다음의 다섯 가지로 나누어 생각할 수 있다.

첫째, 학구적인 노력파

'로또가 과학'이라고 생각하는 타입이다. 이 사람들은 매회 번호를 바꾼다. 당첨 번호를 분석하여 배팅하는 타입이다.

둘째, 주술 파

잭팟을 터뜨려 1등이 되는 것은 하늘의 계시나 조상의 음덕이 있어야 한다고 믿는 타입이다. 어떤 꿈을 통하여 숫자를 선택하거나 점쟁이들에게 숫자를 일러 받아 배팅하는 타입이다.

셋째, 고유번호 파

어떤 이유나 방법으로 정해놓은 번호이든, 한 번 정했다 하면 그것을 죽을 때까지 가져가는 스타일이다. 가족들의 생일이나 주민등록번호, 저금통장의 일련번호, 비밀번호 등의 조합을 정하고 그것을 평생 동안 끌고 가는 것을 말한다.

넷째, 즉흥파와 신중파

즉흥 파는 로또 슬립을 잠깐 응시하고는 마치 단숨에 써내

려가듯 단숨에 표시를 하는 타입이다. 그렇다보니 10만원 어치를 찍는 데에 고작 5분이면 족하다. 신중파는 로또 슬립에 V자나 대각선 또는 여러 형태의 장방형으로 모양을 만들어 배팅하는 타입이다. 이러한 논리의 근거는 10회 차에서 대각선과 삼각형이 결합한 형태로, 11회 차에서는 장방형이 나타난 적이 있기 때문이다.

다섯째, 타인에게 의존하는 파
타인의 꿈이나 또는 다른 사람의 손을 빌어 로또 슬립에 체크하는 것을 말한다.

13. 제13회 차 당첨 숫자 분석

로또 6/45 13회 차 당첨 숫자

1	2	3	4	5	6	7
8	9	10	11	12	13	14
15	16	17	18	19	20	21
22	23	24	25	26	27	28
29	30	31	32	33	34	35
36	37	38	39	40	41	42
43	44	45				

로또 6/45 제13회 차 당첨 분석

당첨번호 / 22-23-25-37-38-42+45(보너스 볼)

추첨일 / 2003. 03. 01

지급기한 / 2003. 06. 02

1등 당첨금액 / 15,599,134,800원 (당첨자 0명)

2등 당첨금액 / 433,309,300원 (당첨자 6명)

3등 당첨금액 / 5,770,400원 (당첨자 450명)

4등 당첨금액 / 175,600원 (당첨자 2,960명)

5등 당첨금액 / 10,000원 (당첨자 726,751명)

홀짝수 조합 / 3:3

로우 하이 조합 / 1:5

숫자의 합 / 187

〈사례 13〉 도형 공식은 있는가?

(해설) 로또 13회 차 추첨에서 보너스 숫자(26)를 포함하여 로또 슬립의 두 줄 위에 나타난 것이다. 그러므로 맞춘 자가 1명도 없는 것은 당연한 일일 것이다. 일반적으로 로또 슬립은 1에서 7, 8에서 14, 15에서 21, 22에서 28, 29에서 35, 36에서 42, 43에서 45의 7줄로 흩어져 있다. 흥미로운 점은 묘한 형태의 도형들이 비로소 나타나고 있다는 점이다.

14. 제14회 차 당첨 숫자 분석

로또 6/45 14회 차 당첨 숫자

1	2	3	4	5	6	7
8	9	10	11	12	13	14
15	16	17	18	19	20	21
22	23	24	25	26	27	28
29	30	31	32	33	34	35
36	37	38	39	40	41	42
43	44	45				

로또 제14회 차 당첨 분석

추첨일 / 2003. 03. 08

지급기한 / 2003. 06. 09

1등 당첨금액 / 9,375,048,300원 (당첨자 4명)

2등 당첨금액 / 1,772,317원 (당첨자 16명)

3등 당첨금액 / 557,100원 (당첨자 509명)

4등 당첨금액 / 93,900원 (당첨자 77,736명)

5등 당첨금액 / 10,000명 (당첨자 1,341,756명)

홀짝수 조합 / 2:4

로우 하이 조합 / 3:3

숫자의 합 / 124

〈사례 14〉 대박의 비밀이란?

(해설) 지난 14회 차에서 1등(93억7천5백만 원)과 3등 4게임(1,24만 여원)을 동시에 당첨시킨 로또의 달인은 6개의 번호를 조합하여 대박을 터뜨렸다. 그런데 그가 지난 7일 밤에 꿈을 꾸었다는 것이다. 꿈속에서 로또 복권의 추첨 방송을 보는 꿈을 꾸었는데 꿈속에서 당첨번호의 6자를 보았었다. 꿈에서 깬 그는 숫자를 적기 시작했다. 2-6-12-31-33의 5개만 생각나고 아무리 머리를 짜내도 나머지 1개는 생각나지 않은 것이다. 일단 꿈속에 등장한 5개를 5게임으로 적고 나머지 1개의 번호는 39-40-41-42-43을 순서대로 기입하여 대박을 터뜨린 것이다. 즉, 나머지 5개 중에 40이 1 등에 당첨된 것이다.

그는 당첨되기 전까지는 20게임 동안 꽝이었다. 그는 17일 오후 2시 50분경에 서울 여의도의 국민은행 본사를 찾아와 10억 원의 성금을 내놓고 홀쩍 사라졌다. 73억 원의 수령액 가운데 10분의 1을 내놓은 것이다. 그는 평범한 가장이면서 이번에 수령한 당첨금은 한 푼도 쓰지 않았다. 다니던 직장도 그대로 다니는 중이었다.

15. 제15회 차 당첨 숫자 분석

로또 6/45 15회 차 당첨 숫자

1	2	3	4	5	6	7
8	9	10	11	12	13	14
15	16	17	18	19	20	21
22	23	24	· 25	26	27	28
29	30	31	32	33	34	35
36	37	38	39	40	41	42
43	44	45				

로또 6/45 제15회 차 당첨 분석

당첨번호 / 03-04-16-30-31-37+13(보너스 볼)

추첨일 / 2003. 03. 15

지급기한 / 2003. 06. 16

1등 당첨금액 / 17,014,245,000원 (당첨자 1명)

2등 당첨금액 / 177,231,700원 (16명)

3등 당첨금액 / 5,571,100원 (509명)

4등 당첨금액 / 144,600원 (39,292명)

5등 당첨금액 / 10,000원 (827,538명)

홀짝수 조합 / 3:3

로우 하이 조합 / 3:3

숫자의 합 / 121

〈사례 15〉 평범함 속의 비범함

　(해설) 제15회 차 복권 추첨에서 170억 원에 당첨된 사람은 충북 청주에 사는 20대 후반의 주부였다. 그들은 당첨금을 수령하기 전까지 월세 집에서 어렵게 살아오고 있었다. 자신이 조합한 6개의 숫자에 대해 그녀는 입을 다물었다.

16. 제16회 차 당첨 숫자 분석

로또 6/45 16회 차 당첨 숫자

1	2	3	4	5	6	7
8	9	10	11	12	13	14
15	16	17	18	19	20	21
22	23	24	25	26	27	28
29	30	31	32	33	34	35
36	37	38	39	40	41	42
43	44	45				

로또 6/45 제16회 차 당첨 분석

당첨번호 / 06-07-24-37-38-40+33(보너스 볼)

추첨일 / 2003. 03. 22

지급기한 / 2003. 06. 23

1등 당첨금액 / 4,377,146,100원 (당첨자 4명)

2등 당첨금액 / 243,174,700원 (당첨자 12명)

3등 당첨금액 / 3,385,200원 (당첨자 862명)

4등 당첨금액 / 123,500원 (당첨자 47,255명)

5등 당첨금액 / 10,000원 (당첨자 870,770명)

홀짝수 조합 / 2:4

로우 하이 조합 / 2:4

숫자의 합 / 152

〈사례 16〉 삼각형의 행운

(해설) 2-6-12-31-33-40이 로또 14회 추첨에서 행운의 숫자다. 2등의 보너스 번호는 15였다. 모든 숫자가 골고루 분포된 것이다. 이것은 도형 조합으로 이루어진 것이다. 행운의 6개 가운데, 5개를 맞힌 2등은 28명이었다. 도형 조합으로 로또 슬립을 기입했던 사람들만이 당첨의 기쁨을 누린 것이다.

17. 제17회 차 당첨 숫자 분석

로또 6/45 17회 차 당첨 숫자

1	2	3	4	5	6	7
8	9	10	11	12	13	14
15	16	17	18	19	20	21
22	23	24	25	26	27	28
29	30	31	32	33	34	35
36	37	38	39	40	41	42
43	44	45				

로또 6/45 제17회 차 당첨 숫자 분석

당첨번호 / 03-04-09-17-32-37+01(보너스 볼)

추첨일 / 2003. 03. 29

지급기한 / 2003. 06. 30

1등 당첨금액 / 5,349,491,200원 (당첨자 3명)

2등 당첨금액 / 297,193,900원 (당첨자 9명)

3등 당첨금액 / 2,342,100원 (당첨자 1,142명)

4등 당첨금액 / 86,700원 (당첨자 61,651명)

5등 당첨금액 / 10,000원 (당첨자 991,162명)

홀짝수 조합 / 4:2

로우 하이 조합 / 4:2

숫자의 합 / 102

제7장 당첨 숫자 종합 검진 대책

제8장
87%의 확률에 도전하라

1. 로또는 과학이다

무작정 배팅 하는 것이 아니라 좀 더 과학적이며 논리적이면서 당첨 확률을 가지고 로또를 하는 법을 생각해 볼 수 있다. 게일 하워드Gail Howard가 주장하는 숫자조합시스템은 게임 구매자가 임의의 숫자 25개를 선택하고, 거기에서 숫자로 가능한 6개의 숫자 조합시스템을 사용하여 72개의 조합을 만드는 것을 의미한다. 미국에서는 6/49 게임을 하는 데 수학적으로 보면 게일하워드의 이 방법은 70% 이상을 상회한다는 논리를 편다.

게일 하워드는 6/49 로또의 경우 모든 가능한 6개 숫자의 합을 21에서 279로 밝히고 있다. 여기에서 선택이 가능한 숫자의 합을 21에서 279의 경우는 '259'가지라고 밝히고 있다. 이 가운데 115에서 185 사이의 합의 조합이 71개다. 전체의 27.4%에 해당되는 셈이다.

본래 6/49 로또에서 가능한 조합은 총 1,398만 3,816개인데 여기에서 997만 2,578개의 조합의 합이 115에서 185 사이에 해당되어 전체의 71%를 차지한다는 것이다. 다시 말해 이것은 115에서 185 범위를 선택할 때에 26.4%에 해당하는 부분을 고르면서 당첨 확률을 71%로 선택하는 것과 같은 이치인 셈이다. 그러므로 여기에서 조합된 숫자의 합은 당연이 150이 가장 많다. 본 장에서는 87%의 확률에 도전하는 여러 방법들을 생각해 보고자 한다. 먼저 제17회 차까지 진행되는 동안 어느 숫자가 몇 번씩 나왔는지를 군락으로 만들어야 한다.

〈1〉 한 번도 나오지 않은 숫자
05-18-20-28-35-43

〈2〉 1번 나온 숫자.
01-08-10-12-13-15-22-34-44-45

〈3〉 2번 나온 숫자.
03-06-07-11-14-17-19-23-24-26-29-32-36-38

〈4〉 3번 나온 숫자
04-21-27-30-33-39-41

〈5〉 4번 나온 숫자
02-09-31

〈6〉 5번 나온 숫자
16

〈7〉 6번 나온 숫자

25-42

〈8〉 7번 나온 숫자

37-40

이것을 상위 배열과 하위 배열로 안분하여 배치하면 다음
과 같다.

A. 한 번도 나오지 않은 숫자

05-18-20-28-35-43

1	2	3	4	5	6	7
8	9	10	11	12	13	14
15	16	17	18	19	20	21
22	23	24	25	26	27	28
29	30	31	32	33	34	35
36	37	38	39	40	41	42
43	44	45				

B. 1번 나온 숫자

01-08-10-12-13-15-22-34-44-45

1	2	3	4	5	6	7
8	9	10	11	12	13	14
15	16	17	18	19	20	21
22	23	24	25	26	27	28
29	30	31	32	33	34	35
36	37	38	39	40	41	42
43	44	45				

C. 2번 나온 숫자

03-06-07-11-14-17-19-23-24-26-29-32-36-38

1	2	3	4	5	6	7
8	9	10	11	12	13	14
15	16	17	18	19	20	21
22	23	24	25	26	27	28
29	30	31	32	33	34	35
36	37	38	39	40	41	42
43	44	45				

D. 3번과 4번 나온 숫자

02-04-09-21-27-30-31-33-39-41

1	2	3	4	5	6	7
8	9	10	11	12	13	14
15	16	17	18	19	20	21
22	23	24	25	26	27	28
29	30	31	32	33	34	35
36	37	38	39	40	41	42
43	44	45				

E. 5번 이상 나온 숫자

16-25-37-40-42

1	2	3	4	5	6	7
8	9	10	11	12	13	14
15	16	17	18	19	20	21
22	23	24	25	26	27	28
29	30	31	32	33	34	35
36	37	38	39	40	41	42
43	44	45				

이렇듯 A에서 E까지 다섯 단락으로 나누어 당첨가능이 있는 조합을 만들어 보는 것이 5분법이다. 조합의 공식은 다음과 같다.

〈A단락〉

A+B

A+C

A+D

A+E

〈B단락〉

B+C

B+D

B+E

〈C단락〉

C+D

C+E

〈D단락〉

D+E

2. 5분법으로 조합하기

〈예제 1〉위의 A+B의 당첨가능성이 있는 최대의 배열을 찾아내시오.

(해설) 위의 A는 한 번도 나오지 않은 숫자다. 또한 B는 1번 나온 숫자다. 이것을 6/45 도형으로 나타내면 아래와 같다.

1	2	3	4	5	6	7
8	9	10	11	12	13	14
15	16	17	18	19	20	21
22	23	24	25	26	27	28
29	30	31	32	33	34	35
36	37	38	39	40	41	42
43	44	45				

A는 5-18-20-28-35-43이고,

B는 01-08-10-12-13-15-22-34-44-45이다.

여기에서 B는 01-08-10-12-13을 〈B1〉이라 하고,

15-22-34-44-45를 〈B2〉라 한다. 먼저 A+B1의 당첨 가능한 조합은 다음과 같다.

〈01-05-08-10-12-13-18-20-28-35-43〉

1) 01-05-08-10-35-43 (4:2) / 102

2) 01-18-20-28-35-43 (2:4) / 145

3) 05-08-10-12-13-18 (2:4) / 66

4) 10-12-13-18-20-28 (1:5) / 101

5) 01-05-20-28-35-43 (4:2) / 127

6) 13-18-20-28-35-43 (3:3) / 147

7) 12-13-18-20-28-35 (2:4) / 126

8) 01-05-08-10-12-13 (3:3) / 47

9) 01-05-08-10-12-43 (3:3) / 79

10) 01-05-08-10-35-43 (4:2) / 102

11) 08-10-12-13-20-43 (2:4) / 106

※위의 11가지 조합에서

첫째, 연속된 4자리 숫자

둘째, 같은 십 자리 수에 놓인 4개 이상의 숫자

셋째, 합(合)이 106~170 사이 이외의 조합을 제거해 나간다.

이렇게 하면 다음의 4가지로 골라낼 수 있다.

2) 01-18-20-28-35-43 (2:4) / 145

5) 01-05-20-28-35-43 (4:2) / 127

6) 13-18-20-28-35-43 (3:3) / 147

11) 08-10-12-13-20-43 (2:4) / 106

〈예제 2〉 A+B2의 조합은?
(해설) 조합은 다음과 같다.
〈05-15-18-20-22-28-34-35-43-44-45〉

1) 22-28-34-35-43-44 (2:4) / 206
2) 05-15-18-43-44-45 (4:2) / 170
3) 28-34-35-43-44-45 (3:3) / 229
4) 05-15-35-43-44-45 (5:1) / 187
5) 15-18-20-22-28-34 (2:4) / 137
6) 05-34-35-43-44-45 (4:2) / 206
7) 05-15-18-20-22-45 (3:3) / 135
8) 05-15-18-20-44-45 (3:3) / 147
9) 05-15-18-20-22-45 (3:3) / 125
10) 20-22-28-34-35-43 (2:4) / 182
11) 18-20-22-28-34-35 (1:5) / 157

※위의 11가지 조합에서 첫째, 연속된 4자리 숫자, 둘째, 같은 십 자리 수에 놓인 4개 이상의 숫자, 셋째, 합(合)이 106~170 사이 이외의 조합을 제거해 나간다. 다음의 여섯 가지 조합을 찾아낼 수 있다.

2) 05-15-18-43-44-45 (4:2) / 170
5) 15-18-20-22-28-34 (2:4) / 137

7) 05-15-18-20-22-45 (3:3) / 135

8) 05-15-18-20-44-45 (3:3) / 147

9) 05-15-18-20-22-45 (3:3) / 125

11) 18-20-22-28-34-35 (1:5) / 157

〈예제 3〉 다음은 A단락과 C단락의 합이다. 두 군락의 합이 최대 15개를 넘기 때문에 부득이 C단락은 C1과 C2로 나누어 조합을 생각해 볼 수밖에 없다. 먼저 A단락과 C단락을 6/45 도형으로 나타내면 다음과 같다.

1	2	3	4	5	6	7
8	9	10	11	12	13	14
15	16	17	18	19	20	21
22	23	24	25	26	27	28
29	30	31	32	33	34	35
36	37	38	39	40	41	42
43	44	45				

A+C1에서 당첨 가능한 조합은?

(해설)5-18-20-28-35-43이 A이고,

3-6-7-11-14-17-19가 C1이다. 당첨 가능성이 있는 홀짝수 조합은 다음과 같다.

1) 03-05-06-28-35-43 (4:2) / 120

2) 03-05-06-07-11-14 (4:2) / 46

3) 18-19-20-28-35-43 (3:3) / 163

4) 05-06-07-11-14-17 (4:2) / 60

5) 14-17-18-19-20-28 (2:4) / 116

6) 11-14-17-18-19-20 (3:3) / 99

7) 03-05-06-07-35-43 (5:1) / 99

8) 03-05-20-28-35-43 (4:2) / 134

9) 07-11-14-17-18-19 (4:2) / 86

10) 03-05-06-07-11-43 (5:1) / 75

11) 06-07-11-14-17-18 (3:3) / 73

12) 17-18-19-20-28-35 (3:3) / 137

13) 03-19-20-28-35-43 (4:2) / 148

※위의 11가지 조합에서

첫째, 연속된 4자리 숫자

둘째, 같은 십 자리 수에 놓인 4개 이상의 숫자

셋째, 합(合)이 106~170 사이 이외의 조합을 제거해 나간다.

다음의 4가지 조합을 찾아낼 수 있다.

1) 03-05-06-28-35-43 (4:2) / 120

3) 18-19-20-28-35-43 (3:3) / 163

8) 03-05-20-28-35-43 (4:2) / 134

13) 03-19-20-28-35-43 (4:2) / 148

〈예제 4〉 A+C2에서 당첨 가능한 홀짝수 조합은?

(해설) A는 5-18-20-28-35-43, B는 3-6-7-11-14-17-19의 구성이다. 그 조합은 다음과 같다.

　1) 05-18-20-23-38-43 (3:3) / 147

　2) 05-32-35-36-38-43 (3:3) / 189

　3) 24-26-28-29-32-35 (2:4) / 174

　4) 05-18-20-23-24-43 (3:3) / 128

　5) 26-28-29-32-35-36 (2:4) / 186

　6) 29-35-36-32-38-43 (3:3) / 213

　7) 05-18-35-36-38-43 (3:3) / 175

　8) 28-29-32-35-36-38 (2:4) / 198

　9) 23-24-26-28-29-32 (2:4) / 162

10) 05-18-20-23-24-26 (2:4) / 121

11) 18-20-23-24-26-28 (1:5) / 139

12) 05-18-20-36-37-43 (3:3) / 159

※ 위의 12가지 조합에서

첫째, 연속된 4자리 숫자

둘째, 같은 십 자리 수에 놓인 4개 이상의 숫자

셋째, 합(合)이 106~170 사이 이외의 조합을 제거해 나간다.

다음의 세 가지 조합을 찾아낼 수 있다.

1) 05-18-20-23-38-43 (3:3) / 147

4) 05-18-20-23-24-43 (3:3) / 128

12) 05-18-20-36-37-43 (3:3) / 159

〈예제 5〉 다음은 A단락과 D단락의 조합이다. 두 단락의 조합에서 당첨가능성이 높은 홀짝수의 조합을 찾아내는 것이 첫걸음이다. 먼저 A단락과 D단락의 합을 6/45 도형으로 나타내면 다음과 같다.

1	2	3	4	5	6	7
8	9	10	11	12	13	14
15	16	17	18	19	20	21
22	23	24	25	26	27	28
29	30	31	32	33	34	35
36	37	38	39	40	41	42
43	44	45				

위의 6/45 도형을 참고로 하여 A+D1의 배합에서 당첨 가능성이 높은 홀짝수의 조합을 찾아내면?

(해설) 위의 도형에서 A는 05-18-20-28-35-43이다. 그리고 D1은 02-04-09-21-27이다. 그 조합은 다음과 같다.

1) 09-18-20-21-27-28 (3:3) / 115

2) 05-09-18-20-21-27 (4:2) / 100

3) 02-04-27-28-35-43 (3:3) / 139

   4) 20-21-27-28-35-43 (4:2) / 174

   5) 02-04-05-28-35-43 (3:3) / 117

   6) 02-04-05-09-18-20 (2:4) / 58

   7) 18-20-21-27-28-35 (3:3) / 149

   8) 02-21-27-28-35-43 (4:2) / 156

   9) 02-04-05-09-35-43 (4:2) / 102

 10) 02-04-05-09-18-43 (3:3) / 81

 11) 04-05-09-18-20-21 (3:3) / 77

※위의 11가지 조합에서

첫째, 연속된 4자리 숫자

둘째, 같은 십 자리 수에 놓인 4개 이상의 숫자

   셋째, 합(合)이 106~170 사이 이외의 조합을 제거해 나간다.
다음의 세 가지 조합을 찾아낼 수 있다.

   3) 02-04-27-28-35-43 (3:3) / 139

   5) 02-04-05-28-35-43 (3:3) / 117

   8) 02-21-27-28-35-43 (4:2) / 156

   〈예제 6〉 A+D2의 배합에서 당첨가능성이 있는 홀짝수의
조합을 찾아내면?

   (해설) A+D2에서 A는 05-18-20-28-35-43이다. 그리고 D2의

배열은 30-31-33-39-41이다. 당첨 가능한 홀짝수의 조합은 다음과 같다.

1) 05-33-35-39-41-43 (6:0) / 196
2) 31-33-35-39-41-43 (6:0) / 222
3) 05-18-20-28-30-43 (2:4) / 144
4) 05-18-20-28-30-43 (2:4) / 144
5) 18-20-28-30-31-33 (2:4) / 160
6) 20-28-30-31-33-35 (3:3) / 177
7) 05-18-35-39-41-43 (5:1) / 181
8) 05-18-20-39-41-43 (4:2) / 165
9) 28-30-31-33-35-39 (4:2) / 196
10) 30-31-33-35-39-41 (5:1) / 205
11) 05-18-20-28-41-43 (3:3) / 155

※위의 11가지 조합에서
첫째, 연속된 4자리 숫자
둘째, 같은 십 자리 수에 놓인 4개 이상의 숫자
셋째, 합(合)이 106~170 사이 이외의 조합을 제거해 나간다.
다음의 다섯 가지 조합을 찾아낼 수 있다.

3) 05-18-20-28-30-43 (2:4) / 144
4) 05-18-20-28-30-43 (2:4) / 144

5) 18-20-28-30-31-33 (2:4) / 160

8) 05-18-20-39-41-43 (4:2) / 165

11) 05-18-20-28-41-43 (3:3) / 155

〈예제 7〉 다음은 A단락과 E단락의 배합이다. 두 단락의 조합에서 당첨가능성이 높은 홀짝수의 조합을 찾아내는 것이 첫걸음이다. 먼저 A단락과 D단락의 합을 각각 나타내면 다음과 같다.

A단락은 05-18-20-28-35-43이다.

E단락은 16-25-37-40-42이다.

위의 단락에서 A+E의 배합을 통한 당첨가능성이 높은 홀짝수의 배합을 살펴본다. 먼저 A와 E의 전체 숫자를 6/45 도형으로 표시하면 다음과 같다.

1	2	3	4	5	6	7
8	9	10	11	12	13	14
15	16	17	18	19	20	21
22	23	24	25	26	27	28
29	30	31	32	33	34	35
36	37	38	39	40	41	42
43	44	45				

위의 6/45 도형을 참조하여 A+E의 배합에서 당첨 가능성이 높은 홀짝수의 조합을 찾아내면?

(해설) 다음과 같다.

1) 28-35-37-40-41-43 (4:2) / 224
2) 05-16-18-20-41-43 (3:3) / 143
3) 18-20-25-28-35-37 (3:3) / 163
4) 05-16-18-40-41-43 (3:3) / 163
5) 05-35-37-40-41-43 (5:1) / 201
6) 05-16-18-20-25-28 (3:3) / 112
7) 05-16-37-40-41-43 (4:2) / 181
8) 20-25-28-35-37-40 (3:3) / 185
9) 25-28-35-37-40-41 (4:2) / 206
10) 05-16-18-20-25-43 (3:3) / 127
11) 16-18-20-25-28-35 (2:4) / 132

※위의 11가지 조합에서
첫째, 연속된 4자리 숫자
둘째, 같은 십 자리 수에 놓인 4개 이상의 숫자
셋째, 합(合)이 106~170 사이 이외의 조합을 제거해 나간다.
다음의 여섯 가지 조합을 찾아낼 수 있다.

2) 05-16-18-20-41-43 (3:3) / 143
3) 18-20-25-28-35-37 (3:3) / 163
4) 05-16-18-40-41-43 (3:3) / 163

6) 05-16-18-20-25-28 (3:3) / 112

10) 05-16-18-20-25-43 (3:3) / 127

11) 16-18-20-25-28-35 (2:4) / 132

〈예제 8〉 B단락과 C단락으로 배합하여 홀짝수의 조합을 합니다. 6/45 게임의 도형을 한눈에 살필 수 있도록 제시하면 다음과 같다. 여기에서 B는 1번 나온 숫자이고 C는 2번 숫자다.

1	2	3	4	5	6	7
8	9	10	11	12	13	14
15	16	17	18	19	20	21
22	23	24	25	26	27	28
29	30	31	32	33	34	35
36	37	38	39	40	41	42
43	44	45				

B는 01-08-10-12-13-15-22-34-44-45이다. 여기에서,

B1은 01-08-10-12-13이고, B2는 15-22-34-44-45이다. 또한

C1은 03-06-07-11-14-17-19며,

23-24-26-29-32-36-38이 C2다. 여기에서 B1+C1의 배합을 통하여 당첨 확률이 높은 홀짝수의 조합은?

〈해설〉 조합은 다음과 같다

1) 01-03-13-14-17-19 (5:1) / 77

2) 10-11-12-13-14-17 (3:3) / 77

3) 01-03-06-07-08-10 (3:3) / 35

4) 01-03-06-07-17-19 (5:1) / 53

5) 11-12-13-14-17-19 (4:2) / 86

6) 07-08-10-11-12-13 (3:3) / 61

7) 06-07-08-10-11-12 (2:4) / 54

8) 03-06-07-08-10-11 (3:3) / 45

9) 01-03-06-07-08-19 (4:2) / 44

10) 08-10-11-12-13-14 (2:4) / 68

11) 08-10-11-12-13-14 (2:4) / 68

12) 01-12-13-14-17-19 (4:2) / 76

※위의 12가지 조합에서

첫째, 연속된 4자리 숫자

둘째, 같은 십 자리 수에 놓인 4개 이상의 숫자

셋째, 합(合)이 106~170 사이 이외의 조합을 제거해 나간다.

위의 배합에선 당첨 확률이 높은 배합은 찾을 수가 없다.

〈예제 9〉 B1+C2의 조합은?

(해설) 먼저 당첨 확률이 높은 홀짝수의 배합을 시행한다.

1) 10-12-13-23-24-26 (2:4) / 108

2) 08-10-12-13-23-24 (2:4) / 90

3) 01-08-29-32-36-38 (2:4) / 144

4) 13-23-24-26-29-32 (3:3) / 137

5) 24-26-29-32-36-38 (1:5) / 179

6) 01-08-10-12-36-38 (1:5) / 115

7) 01-08-10-12-13-23 (3:3) / 67

8) 01-08-10-32-36-38 (1:5) / 125

9) 01-08-10-12-13-38 (2:4) / 82

10) 12-13-23-24-26-29 (3:3) / 127

11) 23-24-26-29-32-36 (2:4) / 170

12) 01-26-29-32-36-38 (2:4) / 162

※위의 12가지 조합에서

첫째, 연속된 4자리 숫자

둘째, 같은 십 자리 수에 놓인 4개 이상의 숫자

셋째, 합(合)이 106~170 사이 이외의 조합을 제거해 나간다.

조합은 다음의 여섯 가지로 찾아낼 수 있다.

1) 10-12-13-23-24-26 (2:4) / 108

3) 01-08-29-32-36-38 (2:4) / 144

6) 01-08-10-12-36-38 (1:5) / 115

8) 01-08-10-32-36-38 (1:5) / 125

12) 01-26-29-32-36-38 (2:4) / 162

12) 01-26-29-32-36-38 (2:4) / 162

〈예제 10〉 B2+C1의 조합은?

(해설) 15-22-34-44-45가 B2이며 3-6-7-11-14-17-19가 C1이다.
당첨 확률이 높은 홀짝수의 조합은 다음과 같다.

  1) 03-06-07-11-44-45 (4:2) / 116
  2) 07-11-14-15-17-19 (5:1) / 83
  3) 15-17-19-22-34-44 (4:2) / 151
  4) 17-19-22-34-44-45 (3:3) / 181
  5) 03-06-07-11-14-45 (4:2) / 86
  6) 03-19-22-34-44-45 (3:3) / 167
  7) 06-07-11-14-15-17 (4:2) / 70
  8) 03-06-22-34-44-45 (2:4) / 154
  9) 03-06-07-11-14-15 (4:2) / 56
10) 03-06-07-34-44-45 (3:3) / 134
11) 14-15-17-19-22-34 (3:3) / 111
12) 11-14-15-17-19-22 (4:2) / 98

※ 위의 12가지 조합에서
첫째, 연속된 4자리 숫자 둘째
같은 십 자리 수에 놓인 4개 이상의 숫자
셋째, 합(合)이 106~170 사이 이외의 조합을 제거해 나간다.
당첨 가능한 조합은 다음의 네 가지다.

1) 03-06-07-11-44-45 (4:2) / 116

3) 15-17-19-22-34-44 (4:2) / 151

6) 03-19-22-34-44-45 (3:3) / 167

8) 03-06-22-34-44-45 (2:4) / 154

10) 03-06-07-34-44-45 (3:3) / 134

〈예제 11〉 B2+C2의 조합은?

(해설) 15-22-34-44-45가 B2며

23-24-26-29-32-36-38이 C2다. 이러한 두 단락의 배합으로 당첨 가능한 홀짝수의 조합은 다음과 같다.

1) 24-26-29-32-34-36 (1:5) / 181

2) 26-29-32-34-36-38 (1:5) / 195

3) 15-22-23-24-26-29 (3:3) / 139

4) 32-34-36-38-44-45 (1:5) / 229

5) 15-22-23-24-26-45 (3:3) / 155

6) 15-34-36-38-44-45 (2:4) / 212

7) 15-22-36-38-44-45 (2:4) / 200

8) 22-23-24-26-29-32 (2:4) / 156

9) 15-22-23-38-44-45 (3:3) / 187

10) 23-24-26-29-32-44 (2:4) / 178

11) 29-32-34-36-38-44 (1:5) / 213

12) 15-22-23-24-44-45 (3:3) / 177

※위의 12가지 조합에서

첫째, 연속된 4자리 숫자

둘째, 같은 십 자리 수에 놓인 4개 이상의 숫자

셋째, 합(合)이 106~170 사이 이외의 조합을 제거해 나간다. 당첨 가능한 조합은 다음의 네 가지다. (*)표는 같은 선상의 십 자리 숫자를 가리킨다. 배팅이 가능한 조합은 보이지 않는다.

〈예제 12〉 B단락과 D단락의 배합이다. 이것을 6/45의 도형으로 만들면 다음과 같다.

B단락은 01-08-10-12-13-15-22-34-44-45이다.

D단락은 D1(02-04-09-21-27)과 D2(30-31-33-39-41)이다. 이것을 6/45 도형으로 나타내면 다음과 같다.

1	2	3	4	5	6	7
8	9	10	11	12	13	14
15	16	17	18	19	20	21
22	23	24	25	26	27	28
29	30	31	32	33	34	35
36	37	38	39	40	41	42
43	44	45				

(해설) 위의 도형을 참고로 하여 B+D1의 조합은 다음과 같다.

1) 13-15-21-22-27-34 (4:2) / 132

2) 01-22-27-34-44-45 (3:3) / 173

3) 01-02-04-08-09-34 (2:4) / 58

4) 02-04-08-09-10-12 (1:5) / 45

5) 21-22-27-34-44-45 (3:3) / 193

6) 01-02-27-34-44-45 (3:3) / 153

7) 08-09-10-12-13-15 (3:3) / 67

8) 10-12-13-15-21-22 (3:3) / 93

9) 01-02-04-34-44-45 (2:4) / 130

10) 01-02-04-08-09-10 (2:4) / 34

11) 15-21-22-27-34-44 (3:3) / 163

12) 01-02-04-08-44-45 (2:4) / 104

13) 12-13-15-21-22-27 (4:2) / 110

14) 09-10-12-13-15-27 (4:2) / 86

15) 04-08-09-10-12-13 (2:4) / 56

※위의 15가지 조합에서
첫째, 연속된 4자리 숫자
둘째, 같은 십의 자리 수에 놓인 4개 이상의 수
셋째, 합(合)이 106~170 사이 이외의 조합을 제거해 나간다.
이렇게 하면 다음과 같이 골라낼 수 있다.

1) 13-15-21-22-27-34 (4:2) / 132

2) 01-22-27-34-44-45 (3:3) / 173

6) 01-02-27-34-44-45 (3:3) / 153

9) 01-02-04-34-44-45 (2:4) / 130

11) 15-21-22-27-34-44 (3:3) / 163

13) 12-13-15-21-22-27 (4:2) / 110

〈예제 13〉 B+D2의 조합은?

(해설) D2는 30-31-33-39-41이다. 당첨이 가능한 홀짝수의 조합은 다음과 같다.

1) 01-08-10-12-44-45 (2:4) / 120

2) 31-33-34-39-42-44 (3:3) / 223

3) 12-13-15-22-30-31 (3:3) / 123

4) 13-15-22-30-31-33 (4:2) / 144

5) 33-34-39-41-44-45 (4:2) / 236

6) 01-08-10-41-44-45 (3:3) / 149

7) 08-10-12-13-15-22 (2:4) / 80

8) 10-12-13-15-22-30 (2:4) / 102

9) 15-22-30-31-33-34 (3:3) / 165

10) 01-08-39-41-44-45 (4:2) / 178

11) 01-34-39-41-44-45 (4:2) / 204

12) 01-08-10-12-13-45 (3:3) / 89

13) 30-31-33-34-39-41 (4:2) / 205

14) 01-08-10-12-13-15 (3:3) / 59
15) 22-30-31-33-34-39 (3:3) / 189

※ 위의 15가지 조합에서
첫째, 연속된 4자리 숫자
둘째, 같은 십의 자리 수에 놓인 4개 이상의 수
셋째, 합(合)이 106~170 사이 이외의 조합을 제거해 나간다.
이렇게 하면 다음과 같이 골라낼 수 있다.

1) 01-08-10-12-44-45 (2:4) / 120
3) 12-13-15-22-30-31 (3:3) / 123
4) 13-15-22-30-31-33 (4:2) / 144
6) 01-08-10-41-44-45 (3:3) / 149
10) 01-08-39-41-44-45 (4:2) / 178

〈예제 14〉 B단락과 E 단락의 결합이다. 당첨 가능성이 있
는 홀짝수 조합을 만드는 것이 무엇보다 중요하다.
B단락은 01-08-10-12-13-15-22-34-44-45이고
E단락은 16-25-37-40-42이다. B+E의 배합을 6/45 도형으로
나타내면 다음과 같다.

1	2	3	4	5	6	7
8	9	10	11	12	13	14
15	16	17	18	19	20	21
22	23	24	25	26	27	28
29	30	31	32	33	34	35
36	37	38	39	40	41	42
43	44	45				

위의 6/45 도형을 참고로 삼아 B+E의 배합에 따른 당첨 가능성이 있는 홀짝수 조합을 찾으면?

(해설) 당첨 가능성이 있는 홀짝수의 조합은 다음과 같다.

1) 13-15-16-22-25-34 (3:3) / 125
2) 01-08-10-12-13-15 (3:3) / 59
3) 01-08-10-12-44-45 (2:4) / 120
4) 01-08-10-42-44-45 (2:4) / 140
5) 25-34-37-40-42-44 (2:4) / 222
6) 12-13-15-16-22-25 (3:3) / 103
7) 22-25-34-37-40-42 (2:4) / 200
8) 01-37-40-42-44-45 (3:3) / 209
9) 01-08-40-42-44-45 (2:4) / 180
10) 01-08-10-12-13-45 (2:4) / 89
11) 15-16-22-25-34-37 (3:3) / 149
12) 16-22-25-34-37-40 (2:4) / 174

13) 10-12-13-15-16-22 (2:4) / 88

14) 34-37-40-42-44-45 (2:4) / 292

15) 08-10-12-13-15-16 (2:4) / 74

※ 위의 15가지 조합에서

첫째, 연속된 4자리 숫자

둘째, 같은 십의 자리 수에 놓인 4개 이상의 수

셋째, 합(合)이 106~170 사이 이외의 조합을 제거해 나간다.

이렇게 하면 다음과 같이 골라낼 수 있다.

1) 13-15-16-22-25-34 (3:3) / 125

3) 01-08-10-12-44-45 (2:4) / 120

4) 01-08-10-42-44-45 (2:4) / 140

11) 15-16-22-25-34-37 (3:3) / 149

〈예제 15〉 C단락과 D단락의 배합을 통하여 당첨 가능성이 있는 홀짝수의 조합을 찾는다면? C단락과 D단락을 6/45 도형으로 나타내면 다음과 같다.

1	2	3	4	5	6	7
8	9	10	11	12	13	14
15	16	17	18	19	20	21
22	23	24	25	26	27	28
29	30	31	32	33	34	35
36	37	38	39	40	41	42
43	44	45				

위의 6/45 도형을 참고로 하여 C1+D1에서 당첨 가능한 홀짝수의 조합을 찾아내면?

C단락은 03-06-07-11-14-17-19이고

D단락은 02-04-09-21-27-30-31-33-39-41이다. A단락

(해설) 당첨 가능성이 있는 조합은 다음과 같다.

1) 02-03-04-06-21-27 (2:4) / 63

2) 02-03-17-19-21-27 (1:5) / 89

3) 04-06-07-09-11-14 (3:3) / 51

4) 11-14-17-19-21-27 (5:1) / 109

5) 06-07-09-11-14-17 (4:2) / 64

6) 07-09-11-14-17-19 (5:1) / 77

7) 02-03-04-19-21-27 (4:2) / 76

8) 02-14-17-19-21-27 (4:2) / 103

9) 09-11-14-17-19-21 (5:1) / 91

10) 02-03-04-06-07-27 (3:3) / 49

11) 02-03-04-06-07-09 (3:3) / 31

12) 03-04-06-07-09-11 (4:2) / 40

※위의 12가지 조합에서

첫째, 연속된 4자리 숫자

둘째, 같은 십의 자리 수에 놓인 4개 이상의 수

셋째, 합(合)이 106~170 사이 이외의 조합을 제거해 나가면 당첨 가능성이 있는 조합은 없다.

〈예제 16〉 C1+D2에서 당첨 가능한 조합은?

(해설) D2는 30-31-33-39-41이 해당한다. 당첨 가능한 홀짝 수를 찾아내면 다음과 같다.

1) 03-06-07-11-14-17 (4:2) / 58

2) 11-14-17-19-30-31 (4:2) / 122

3) 03-06-07-11-39-41 (5:1) / 107

4) 03-06-31-33-39-41 (5:1) / 153

5) 07-11-14-17-19-41 (5:1) / 109

6) 03-06-07-11-14-41 (4:2) / 82

7) 14-17-19-30-31-33 (4:2) / 144

8) 17-19-30-31-33-39 (5:1) / 169

9) 03-06-07-33-39-41 (5:1) / 129

10) 06-07-11-14-17-19 (4:2) / 74

11) 03-30-31-33-39-41 (5:1) / 177

12) 19-30-33-31-39-41 (5:1) / 193

※위의 12가지 조합에서

첫째, 연속된 4자리 숫자

둘째, 같은 십의 자리 수에 놓인 4개 이상의 수

셋째, 합(合)이 106~170 사이 이외의 조합을 제거해 나간다.
이렇게 하면 다음과 같이 골라낼 수 있다.

3) 03-06-07-11-39-41 (5:1) / 107

4) 03-06-31-33-39-41 (5:1) / 153

5) 07-11-14-17-19-41 (5:1) / 109

7) 14-17-19-30-31-33 (4:2) / 144

9) 03-06-07-33-39-41 (5:1) / 129

〈예제 17〉 C2+D1의 조합은?

(해설) C2는 23-24-26-29-32-36-38이다. 그런가 하면 D1은
02-04-09-21-27이다. 이들 두 단락을 당첨 가능성이 있는 홀짝
수의 조합을 만들면 다음과 같다.

1) 02-04-09-21-36-38 (2:4) / 110
2) 02-04-09-32-36-38 (1:5) / 121
3) 09-21-23-24-26-27 (4:2) / 120
4) 02-04-29-32-36-38 (1:5) / 141
5) 23-24-26-27-29-32 (3:3) / 171
6) 21-23-24-26-32-49 (3:3) / 185
7) 02-04-09-21-23-24 (3:3) / 83
8) 02-04-09-21-23-38 (3:3) / 97
9) 21-23-24-26-27-29 (4:2) / 120
10) 24-26-27-29-32-36 (2:4) / 174
11) 02-27-29-32-36-38 (2:4) / 164

※위의 11가지 조합에서
첫째, 연속된 4자리 숫자
둘째, 같은 십 자리 수에 놓인 4자리 숫자
셋째, 합(合)이 160~170 사이 이외의 조합을 제거해 나간다.
당첨 가능한 조합은 다음의 네 가지다.

1) 02-04-09-21-36-38 (2:4) / 110
2) 02-04-09-32-36-38 (1:5) / 121
4) 02-04-29-32-36-38 (1:5) / 141
11) 02-27-29-32-36-38 (2:4) / 164

〈예제 18〉 C2+D2의 조합은?

(해설) 23-24-26-29-32-36-38이 C2이고,

30-31-33-39-41은 D2다. 당첨 가능한 숫자 조합은?

  1) 23-24-26-29-30-41 (3:3) / 173

  2) 30-31-32-33-36-38 (2:4) / 200

  3) 31-32-33-36-38-39 (3:3) / 209

  4) 23-24-26-29-30-31 (3:3) / 163

  5) 23-33-36-38-39-41 (3:3) / 210

  6) 23-24-26-38-39-41 (3:3) / 191

  7) 24-26-29-30-31-32 (2:4) / 172

  8) 23-24-31-36-39-41 (4:2) / 194

  9) 26-29-30-31-33-39 (4:2) / 214

10) 29-30-31-32-33-36 (3:3) / 191

11) 23-24-26-29-39-41 (4:2) / 182

12) 32-33-36-38-39-41 (3:3) / 228

※ 위의 12가지 조합에서

첫째, 연속된 4자리 숫자

둘째, 같은 십 자리 수에 놓인 4자리 숫자

셋째, 합(合)이 160~170 사이 이외의 조합을 제거해 나간다.

위의 조합에서는 당첨 가능성이 보이지 않는다.

〈예제 19〉이번에는 C단락과 E단락의 배합이다. C단락은
03-06-07-11-14-17-19-23-24-26-29-32-36-38이고,

E단락은 16-25-37-40-42이다. 이것을 6/45 도형으로 나타내
면 다음과 같다.

1	2	3	4	5	6	7
8	9	10	11	12	13	14
15	16	17	18	19	20	21
22	23	24	25	26	27	28
29	30	31	32	33	34	35
36	37	38	39	40	41	42
43	44	45				

(해설) 다음에서 C1(03-06-07-11-14-17-19)과 E의 배합을 통
하여 당첨 가능한 조합은 다음과 같다.

1) 14-16-17-19-25-37 (4:2) / 128

2) 03-06-25-37-40-42 (3:3) / 153

3) 11-14-16-17-19-25 (4:2) / 102

4) 03-06-07-11-14-16 (3:3) / 57

5) 17-19-25-37-40-42 (4:2) / 180

6) 03-06-07-11-40-42 (3:3) / 109

7) 16-17-19-25-37-40 (4:2) / 154

8) 03-06-07-11-14-42 (3:3) / 83

9) 03-06-07-37-40-42 (3:3) / 135

10) 03-19-25-37-40-42 (4:2) / 166

11) 09-11-14-16-17-19 (4:2) / 86

12) 06-07-11-14-16-17 (3:3) / 71

※위의 12가지 조합에서

첫째, 연속된 4자리 숫자

둘째, 같은 십 자리 수에 놓인 4자리 숫자

셋째, 합(合)이 160~170 사이 이외의 조합을 제거해 나간다.

당첨 가능한 조합은 다섯 가지다.

2) 03-06-25-37-40-42 (3:3) / 153

6) 03-06-07-11-40-42 (3:3) / 109

7) 16-17-19-25-37-40 (4:2) / 154

9) 03-06-07-37-40-42 (3:3) / 135

10) 03-19-25-37-40-42 (4:2) / 166

〈예제 20〉 C2(23-24-26-29-32-36-38)와 E의 배합에서 당첨 가능성이 있는 조합을 찾는다면?

(해설) 다음과 같다.

1) 31-32-33-36-38-39 (3:3)

2) 30-31-32-34-36-38 (1:5)

3) 32-33-36-38-39-41 (3:3)

4) 23-24-26-38-39-41 (3:3)

5) 23-26-29-34-39-41 (4:2)

6) 29-30-31-32-33-36 (3:3)

7) 23-33-36-38-39-41 (4:2)

8) 26-29-30-31-32-33 (3:3)

9) 23-24-26-29-30-31 (3:3)

10) 24-26-29-30-31-39 (3:3)

11) 23-24-26-29-30-41 (3:3)

12) 23-24-36-38-39-41 (3:3)

※위의 12가지 조합에서

첫째, 연속된 4자리 숫자

둘째, 같은 십 자리 수에 놓인 4자리 숫자

셋째, 합(合)이 160~170 사이 이외의 조합을 제거해 나간다.
당첨 가능한 조합은 보이지 않는다.

〈예제 21〉 다음은 D단락과 E단락의 배합이다.

D+E의 배합을 6/45 도형으로 나타내면 다음과 같다.

1	2	3	4	5	6	7
8	9	10	11	12	13	14
15	16	17	18	19	20	21
22	23	24	25	26	27	28
29	30	31	32	33	34	35
36	37	38	39	40	41	42
43	44	45				

D 단락은 02-04-09-21-27-30-31-33-39-41이다.

E 단락은 16-25-37-40-42이다. D+E의 배합에서 당첨 가능성이 있는 조합은?

(해설) 다음과 같다.

1) 27-30-31-33-37-39 (5:1) / 167

2) 02-04-09-16-21-42 (2:4) / 94

3) 02-04-09-16-41-42 (2:4) / 114

4) 02-37-39-40-41-42 (3:3) / 201

5) 25-27-30-31-33-37 (5:1) / 183

6) 31-33-37-39-40-41 (5:1) / 221

7) 30-31-33-37-39-41 (5:1) / 208

8) 16-21-25-27-30-31 (4:2) / 150

9) 09-16-21-25-27-30 (4:2) / 128

10) 02-04-09-40-41-42 (2:4) / 128

11) 21-25-27-30-31-33 (4:2) / 167

12) 33-37-39-40-41-42 (4:2) / 232

13) 02-04-39-40-41-42 (2:4) / 168

14) 04-09-16-21-25-27 (4:2) / 102

15) 02-04-09-16-21-25 (3:3) / 77

※ 위의 15가지 조합에서

첫째, 연속된 4자리 숫자

둘째, 같은 십 자리 수에 놓인 4자리 숫자

셋째, 합(合)이 160~170 사이 이외의 조합을 제거해 나간다.

3) 02-04-09-16-41-42 (2:4) / 114

8) 16-21-25-27-30-31 (4:2) / 150

9) 09-16-21-25-27-30 (4:2) / 128

10) 02-04-09-40-41-42 (2:4) / 128

11) 21-25-27-30-31-33 (4:2) / 167

14) 04-09-16-21-25-27 (4:2) / 102

221
제8장 87%의 확률에 도전하라

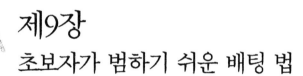

제9장
초보자가 범하기 쉬운 배팅 법

로또 6/45 게임에 도전하는 사람들은 무조건적인 자신감에 들떠버린다. 그것은 모든 숫자를 자신이 직접 고를 수 있다는 점 때문이다. 귀가 따갑도록 들은 6/45 게임의 확률은 815만 분의 1이다. 여기에 도전하여 잭팟을 터뜨리려면 어떤 방법이 있을까? 모든 것을 그저 운으로 돌리려는 것은 초보자적인 발상이다.

　먼저 甲과 乙이 택한 〈14분법〉에 대해 분석해 보기로 한다. 甲과 乙은 똑같이 30만원씩을 갖고 게임에 도전해 보기로 했다. 물론 1게임에 3만원씩 10게임에 도전하여 결과를 보자는 것이었다.

1. 갑(甲)의 배팅 법

甲은 게임을 3회 차부터 시작했다. 그것은 제1회와 제2회의 당첨 결과를 놓고 그 두 게임의 합으로 최대한의 조합을 찾기 위해서였다. 다음은 제1회와 제2회의 당첨 번호다.

〈제1회〉
10-23-29-33-37-40+16(보너스 볼)

〈제2회〉
09-13-21-25-32-42+02(보너스 볼)

〈테스트 1〉 제1회와 제2회의 당첨번호를 배합하여 제3회에 배팅하려고 한다. 최대한의 당첨번호를 찾으려면?

(해설) 제1회와 제2회의 당첨번호는 보너스 볼을 합하여 열 네 개의 숫자다. 이것으로 숫자를 조합하면 게임 횟수는 총 404번으로 808,000원이 소요된다. 이것을 14분법으로 당첨 가능성이 있는 87%의 홀짝수의 조합을 찾아내면 다음과 같다.

1) 02-09-10-13-40-42

2) 23-25-29-32-33-37

3) 02-09-10-13-16-42

4) 25-29-32-33-37-40

5) 10-13-16-21-23-25

6) 29-32-33-37-40-42

7) 02-09-10-13-16-21

8) 21-23-25-29-32-33

9) 02-09-10-37-40-42

10) 09-10-13-16-21-23

11) 16-21-23-25-29-32

12) 02-32-33-37-40-42

13) 13-16-21-23-25-29

14) 02-09-33-37-40-42

※제3회의 당첨번호는 11-16-19-21-27-31이다. 이것으로 보면 위의 14가지의 배열 조합은 5등에 당첨(3개가 맞을 때 1만 원)되는 것이 하나도 없다. 독자 여러분께서는 위의 14가지의 조합에서 홀짝수의 비율이 어느 정도인지를 직접 헤아려 보시기 바랍니다.

〈테스트 2〉 다음에는 제3회와 제4회의 당첨 숫자를 놓고 제5회의 배팅에 응하기로 하였다.

〈제3회〉

11-16-19-21-27-31+30(보너스 볼)

〈제4회〉

14-27-30-31-40-42+(보너스 볼)

(해설) 제3회와 제4회의 숫자 조합에서 겹치는 숫자는 27, 30, 31이다. 이 숫자를 제외하면 나머지 숫자는 11자다. 당첨 가능성이 있는 홀짝수의 배합으로 조합한다면 다음과 같다.

  1) 02-27-30-31-40-42

  2) 02-11-14-16-40-42

  3) 16-19-21-27-30-31

  4) 02-11-14-16-19-21

  5) 19-21-27-30-31-40

  6) 21-27-30-31-40-42

  7) 02-11-14-16-19-42

  8) 14-16-19-21-27-30

  9) 11-14-16-19-21-27

10) 02-11-14-30-31-40

11) 02-11-30-31-40-42

※제5회의 당첨번호는 16-24-29-40-41-42이다. 위의 열한 가지 조합에서 5등에 해당하는 조합은 1개다. 나머지는 직접 확인해 보기 바랍니다.

　〈테스트 3〉 다음은 제5회와 제6회의 당첨숫자를 놓고 제7회의 당첨 숫자에 배팅하려고 한다. 당첨 가능한 최대한의 조합은 어느 것인가?

　〈제5회〉
　16-24-29-40-41-41+03(보너스 볼)

　〈제6회〉
　14-15-26-27-40-42+34(보너스 볼)

　(해설) 제5회와 제6회의 배합에서 당첨 가능한 조합은 다음과 같이 정리할 수 있다.

　1) 03-29-34-40-41-42
　2) 14-15-16-24-26-27
　3) 16-24-26-27-29-34
　4) 03-04-08-40-41-42
　5) 03-04-08-14-15-42
　6) 24-27-26-29-34-40

7) 03-04-34-40-41-42

8) 03-04-08-14-15-16

9) 03-04-08-14-15-26

10) 08-14-15-16-24-26

11) 15-16-24-26-27-29

12) 27-29-34-40-41-42

13) 04-08-14-15-16-24

14) 26-27-29-34-40-41

※제7회의 당첨번호는 02-09-16-25-26-40이다. 이것을 참조하여 당첨금에 해당하는 조합이 무엇인지를 직접 확인해 보시기 바랍니다.

〈테스트 4〉 다음은 제7회와 제8회의 당첨 숫자를 놓고 제9회의 당첨 번호에 배팅하려고 한다. 당첨 가능한 최대한의 조합은 무엇인가?

〈제7회〉
02-09-16-25-26-40+42(보너스 볼)

〈제8회〉
08-19-25-34-37-39+(보너스 볼)

(해설) 제9회의 배팅에 있어 당첨 가능한 조합은 다음과 같이 찾아낼 수 있다.

1) 16-19-25-26-31-34

2) 02-04-37-39-40-42

3) 09-16-19-25-26-31

4) 04-08-09-16-19-25

5) 02-04-08-09-40-42

6) 02-04-08-39-40-42

7) 02-04-08-09-16-19

8) 31-34-37-39-40-42

9) 26-31-34-37-39-40

10) 19-25-26-31-34-37

11) 02-04-08-09-16-42

12) 02-34-37-39-40-42

13) 25-26-31-34-37-39

14) 08-09-16-19-25-26

※제9회의 당첨번호는 02-04-16-17-36-39번이다. 이것을 참조하여 당첨금에 해당하는 조합을 확인해 보시기 바랍니다.

〈테스트 5〉 다음은 제9회와 제10회의 당첨번호를 놓고 제11회의 배팅에 응하려고 한다. 어떤 숫자 조합이 당첨 가능한 것은 무엇인가?

〈제9회〉

02-04-16-17-36-39+14(보너스 볼)

〈제10회〉

09-25-30-33-41-44+06(보너스 볼)

(해설) 당첨 가능한 조합은 다음과 같다.

  1) 04-06-09-14-16-17

  2) 02-04-06-09-41-44

  3) 02-04-06-39-41-44

  4) 17-25-30-33-36-39

  5) 16-17-25-30-33-36

  6) 02-04-06-09-14-16

  7) 30-33-36-39-41-44

  8) 06-09-14-16-17-25

  9) 14-16-17-25-30-33

 10) 02-04-06-09-14-44

 11) 09-14-16-17-25-30

 12) 02-33-36-39-41-44

 13) 02-04-36-39-41-44

 14) 25-30-33-36-39-41

※제11회의 당첨번호는 01-07-36-37-41-42번이다. 이것을 참조로 하여 당첨 번호를 직접 확인해 보십시오.

〈테스트 6〉 제11회와 제12회의 당첨번호를 참조하여 제13회의 당첨번호에 배팅하려고 한다. 당첨 가능한 조합을 찾아낸다면?

〈제11회〉
01-07-36-37-41-42+14(보너스 볼)

〈제12회〉
02-11-21-25-39-45+44(보너스 볼)

(해설) 당첨 가능한 숫자조합을 찾아내면 다음과 같다.

1) 35-36-37-41-42-44
2) 01-37-41-42-44-45
3) 01-02-07-42-44-45
4) 29-35-36-37-41-42
5) 11-14-21-29-35-36
6) 01-02-41-42-44-45
7) 07-11-14-21-29-35
8) 02-07-11-14-21-29

9) 36-37-41-42-44-45

10) 01-02-07-11-14-45

11) 01-02-07-11-44-45

12) 14-21-29-35-36-37

13) 21-29-35-36-37-41

14) 01-02-07-11-14-21

※제13회의 당첨번호는 22-23-25-37-38-42번이다. 이것을 참조하여 당첨 번호를 직접 확인해 보십시오.

〈테스트 7〉 제13회와 제14회의 당첨번호를 참조하여 제15회에 배팅하려고 합니다. 당첨 가능한 조합은?

〈제13회〉
22-23-25-37-38-42+26(보너스 볼)

〈제14회〉
02-06-12-31-33-40+15(보너스 볼)

(해설) 당첨 가능한 홀짝수 조합은 다음과 같다.

1) 06-12-15-22-23-25

2) 23-25-26-31-33-37

3) 15-22-23-25-26-31

4) 31-33-37-38-40-42

5) 22-23-25-26-31-33

6) 02-06-12-15-22-23

7) 02-33-37-38-40-42

8) 26-31-33-37-38-40

9) 12-15-22-23-25-26

10) 02-06-37-38-40-42

11) 25-26-31-33-37-38

12) 02-06-12-15-22-42

13) 02-06-12-15-40-42

14) 02-06-12-38-40-42

※제15회의 당첨번호는 03-04-09-17-32-37이다. 이것을 참조하여 당첨번호를 직접 확인하십시오.

〈테스트 8〉 제15회와 제16회의 당첨번호를 참조하여 제17
회의 배팅을 하려고 한다. 당첨 가능한 조합은?

〈제15회〉
03-04-16-30-31-37+13(보너스 볼)

〈제16회〉
06-07-24-37-38-40+33(보너스 볼)

(해설) 당첨 가능한 홀짝수의 조합은 다음과 같다.

1) 13-16-24-30-31-33
2) 08-13-16-24-30-31
3) 04-06-07-08-13-16
4) 30-31-33-37-38-40
5) 03-04-06-07-38-40
6) 03-04-06-07-08-13
7) 07-08-13-16-24-30
8) 03-04-33-37-38-40
9) 24-30-31-33-37-38
10) 06-07-08-13-16-24
11) 03-31-33-37-38-40
12) 16-24-30-31-33-37

13) 03-04-06-07-08-40

14) 03-04-06-37-38-40

※제17회의 당첨번호는 03-04-09-17-32-37번이다. 이것을 참조하여 위의 조합을 직접 확인해 보십시오.

〈테스트 9〉 제17회와 제18회의 당첨번호를 참조하여 제19회에 배팅하려고 한다. 당첨 가능한 홀짝수의 배합은?

〈제17회〉
03-04-09-17-32-37+33(보너스 볼)

〈제18회〉
03-12-13-19-32-35+29(보너스 볼)

(해설) 당첨 가능성을 최대한으로 높일 수 있는 홀짝수 조합은 다음과 같다. 여기에서 중복된 숫자를 제거하고 임의로 숫자를 조정하였다.

1) 01-03-04-08-32-37
2) 01-03-04-08-09-12
3) 12-13-17-19-25-35
4) 09-12-13-17-19-25

5) 08-09-12-13-17-19

6) 01-03-25-31-32-37

7) 01-03-04-08-09-37

8) 04-08-09-12-13-17

9) 13-17-19-25-31-35

10) 03-04-08-09-12-13

11) 13-17-19-25-31-32

12) 01-03-04-31-32-37

※甲은 평소에 04, 08, 31을 선호하고 있었으므로 중복된 글자 대신에 그것을 사용하였다. 배팅은 12가지를 하였는데 당첨은 직접 확인해 보십시오.

2. 을(乙)의 배팅 법

을(乙)은 1, 2, 3회가 지난 다음부터 배팅에 들어갔다. 을(乙)은 甲과 같은 배팅을 하지 않고 1회 차씩 사이를 두고 2회 차를 엮어가며 배팅했다. 이를테면 甲처럼 01-02, 03-04와 같은 방법이 아니라 01-03, 02-04와 같은 방법을 사용한 것이다.

〈테스트 10〉 을(乙)은 제1회와 제3회를 교차적으로 배합하여 배팅하고자한다. 당첨가능성이 높은 홀짝수의 조합은?

〈제1회〉
10-23-29-33-37-40+16(보너스 볼)

〈제3회〉
11-16-19-21-25-32

(해설) 제1회와 제3회의 배팅에 있어서 중복된 숫자는 16이다. 그러므로 을(乙)은 평소 좋아하는 숫자인 4를 더하여 배팅에 들어갔다. 당첨가능성을 높이는 홀짝수의 조합은?

1) 11-16-19-21-23-27

2) 19-21-23-27-29-30

3) 27-29-30-31-33-37

4) 04-10-11-16-19-40

5) 10-11-16-19-21-23

6) 21-23-27-29-30-31

7) 16-19-21-23-27-29

8) 29-30-31-33-37-40

9) 04-30-33-31-33-40

10) 04-10-31-33-37-40

11) 04-10-11-16-19-21

12) 23-27-29-30-31-33

13) 04-10-11-33-37-40

14) 04-10-11-16-37-40

　※위의 조합에서는 5등에 해당하는 곳이 두 군데 있다. 어떤 점이 문제인지는 본인이 직접 확인해 보는 것이 좋다. 당첨번호는 제4회가 14-27-30-31-40-42다.

　〈테스트 11〉 제2회와 제4회의 배팅이다. 여기에서는 02가 두 번 중복됐으므로 대신 04를 사용했다. 당첨 확률을 높이는 홀짝수 조합은?

〈제2회〉

09-13-21-25-32-42+02(보너스 볼)

〈제4회〉

14-27-30-31-40-42+02(보너스 볼)

(해설) 다음과 같다.
 1) 04-09-13-14-21-25
 2) 02-04-09-13-14-21
 3) 02-04-09-13-14-42
 4) 14-21-25-27-30-31
 5) 27-30-31-32-40-42
 6) 02-04-31-32-40-42
 7) 25-27-30-31-32-40
 8) 02-04-09-13-40-42
 9) 13-14-21-25-27-30
10) 02-04-09-32-40-42
11) 21-25-27-30-31-32
12) 02-30-31-32-40-42
13) 09-13-14-21-25-27

※제5회의 당첨번호는 16-24-29-40-41-42다. 이것을 참고하
여 위의 배팅에서 어떤 점이 문제였는지를 본인이 확인하는

것이 중요하다.

〈테스트 12〉 제5회와 제7회를 배합한 배팅이다. 당첨 확률을 높일 수 있도록 홀짝수 조합을 사용하라.

〈제5회〉
16-24-29-40-41-42+03(보너스 볼)

〈제7회〉
02-09-16-25-26-40+42(보너스 볼)

(해설) 제5회와 제7회의 배합에서 중복된 숫자인 16, 40, 42이다. 이 숫자들을 1자씩 제거하였다. 당첨 확률을 높이는 홀짝수의 배합은 다음과 같다.

    1) 04-08-09-16-24-25
    2) 02-03-04-08-09-42
    3) 02-03-04-08-09-16
    4) 08-09-16-24-25-26
    5) 02-03-04-40-41-42
    6) 16-24-25-26-29-31
    7) 26-29-31-40-41-42
    8) 02-03-31-40-41-42

9) 02-03-04-08-41-42

10) 24-25-26-29-31-40

11) 25-26-29-31-40-41

12) 02-29-31-40-41-42

13) 09-16-24-25-26-29

14) 03-04-08-09-16-24

※제8회의 당첨번호는 08-19-25-34-37-39번이다. 이것을 참조하여 위의 조합에 어떤 문제점이 있는지를 확인하시기 바랍니다.

〈테스트 13〉 제4회와 제6회의 배합이다. 당첨 확률을 높일 수 있는 홀짝수 배합은?

〈제4회〉
14-27-30-31-40-42+02(보너스 볼)

〈제6회〉
14-15-26-27-40-42+34(보너스 볼)

(해설) 위의 배합에서 중복된 숫자는 14, 27, 40, 42다. 여기에서 1자씩을 제거하고 1과 18을 더하였다. 홀짝수의 배합은 다음과 같다.

1) 04-08-14-15-18-26

2) 01-02-04-08-14-42

3) 01-02-04-08-14-42

4) 01-27-30-31-40-42

5) 01-02-04-31-40-41

6) 01-02-30-31-40-42

7) 8-14-15-18-26-27

8) 26-27-30-31-40-42

9) 14-15-18-26-27-30

10) 01-02-04-08-14-15

11) 02-04-08-14-15-18

12) 18-26-27-30-31-40

13) 15-18-26-27-30-31

※제7회의 당첨번호는 02-09-16-25-26-40이다. 이것을 참고로 하여 위의 홀짝수 배합에 어떤 문제점이 있는 지를 확인해 보시기 바랍니다.

〈테스트 14〉 제6회와 제8회의 배합이다. 당첨 확률을 높이기 위해 홀짝수의 조합을 하려면 어떤 조합이 필요한가?

〈제6회〉

14-15-26-27-40-42+34(보너스 볼)

〈제7회〉

02-09-16-25-26-40+42(보너스 볼)

(해설) 위의 배합에서 중복된 수인 34를 1자 제거하고 4를
더하였다. 홀짝수 배합은 다음과 같다.

  1) 15-19-25-26-27-34
  2) 09-14-15-19-25-26
  3) 08-09-14-15-19-25
  4) 19-25-26-27-34-37
  5) 27-37-39-40-41-42
  6) 04-08-09-14-15-42
  7) 04-08-09-14-15-19
  8) 04-08-37-39-40-42
  9) 04-08-09-39-40-42
10) 04-08-09-14-40-42
11) 14-15-19-25-26-27
12) 26-27-34-37-39-40
13) 25-26-27-34-37-39
14) 04-34-37-39-40-42

※제9회의 당첨번호는 02-04-16-17-36-39번입니다. 위의 배팅에서 문제점이 무엇인지를 직접 체크해 보시기 바랍니다.

〈테스트 15〉 제7회와 제9회의 배합입니다. 두 단락의 배합에서 최대 승률의 홀짝수 조합을 찾아내시오.

〈제7회〉
02-09-16-25-26-40+42(보너스 볼)

〈제9회〉
02-04-16-17-36-39+14(보너스 볼)

(해설) 제7회와 제9회의 배합에서 중복된 숫자 2와 16을 1자씩 제거하고 8과 31을 더한다. 이렇게 하여 최대의 홀짝수 조합을 찾아내면 다음과 같다.

1) 25-26-31-36-39-40
2) 02-04-08-09-14-16
3) 17-25-26-31-36-39
4) 02-04-36-39-40-42
5) 02-31-36-40-39-42
6) 26-31-36-39-40-42
7) 16-17-25-26-31-36

8) 14-16-17-25-26-31

  9) 04-08-09-14-16-17

 10) 02-04-08-09-14-42

 11) 02-04-08-39-40-42

 12) 02-04-08-09-40-42

 13) 08-09-14-16-17-25

 14) 09-14-16-17-25-26

※제10회의 당첨번호는 09-25-30-33-41-44번이다. 이것을 참조하여 위의 조합의 문제점을 직접 확인해 보십시오.

〈테스트 16〉 제8회와 제10회를 배합하여 당첨 확률이 높은 홀짝수의 조합을 찾아내시오.

〈제8회〉
09-19-25-34-37-39+09(보너스 볼)

〈제10회〉
09-25-30-33-41-44+06(보너스 볼)

(해설) 위의 배합에서 중복된 숫자는 9와 25다. 중복된 숫자 대신 40과 42를 넣어 홀짝수로 조합하면 다음과 같다.

1) 06-39-40-41-42-44

2) 25-30-33-34-37-39

3) 34-37-39-40-41-42

4) 06-08-37-40-41-42

5) 33-34-37-39-40-41

6) 06-08-09-41-42-44

7) 08-09-19-25-30-33

8) 37-39-40-41-42-44

9) 19-25-30-33-34-37

10) 06-08-09-19-25-30

11) 30-33-34-37-39-40

12) 06-08-09-19-25-44

※제11회의 당첨번호는 01-7-36-37-41-42번이다. 이것을 참고하여 위의 조합의 문제점을 체크해 보십시오.

〈테스트 17〉 제9회와 제11회의 배합이다. 이러한 배합에서 당첨 확률을 높일 수 있는 홀짝수 조합으로 만들려고 한다. 어떻게 해야 하는가?

〈제9회〉

02-04-16-17-36-39+14(보너스 볼)

〈제11회〉

01-07-36-37-41-42+14(보너스 볼)

(해설) 위의 배합에서 중복된 숫자는 36과 14다. 이 숫자를
대신하여 25와 31을 사용하였다. 홀짝수 조합은 다음과 같다.

   1) 14-16-17-25-31-36
   2) 01-02-04-07-41-42
   3) 17-25-31-36-37-39
   4) 31-36-37-39-41-42-
   5) 01-02-04-39-41-42
   6) 01-36-37-39-41-42
   7) 02-04-07-14-16-17
   8) 04-07-14-16-17-25
   9) 01-02-04-7-14-16
  10) 16-17-25-31-36-37
  11) 01-02-04-07-14-42
  12) 25-31-36-37-39-41
  13) 07-14-16-17-25-31
  14) 01-02-37-39-41-42

  ※제12회의 당첨숫자는 02-11-21-25-39-45이다. 이것을 참조
하여 위의 조합에 어떤 문제가 있는 지를 직접 확인해 보십

시오.

〈테스트 18〉 제10회와 제12회의 배합으로 제13회에 배팅을
하려 한다. 당첨 확률을 높일 수 있는 홀짝수 배합으로 조합
하여 나타내시오.

〈제10회〉
09-25-30-33-41-44+06(보너스 볼)

〈제11회〉
01-07-36-37-41-42+14(보너스 볼)

(해설) 위의 배합에서 중복된 숫자는 25와 44다. 이 대신에
37과 40을 더하여 배팅한다. 홀짝수의 조합은 다음과 같다.

1) 30-31-37-39-40-41
2) 11-21-25-30-33-37
3) 02-06-09-11-21-45
4) 25-30-33-37-39-40
5) 33-37-39-40-41-44
6) 09-11-21-25-30-33
7) 02-06-09-41-44-45
8) 37-39-40-41-44-45

9) 02-06-09-11-44-45

10) 06-09-11-21-25-30

11) 21-25-30-33-37-39

12) 02-39-40-41-44-45

13) 02-06-40-41-44-45

14) 02-06-09-11-21-25

※제13회의 당첨번호는 22-23-25-37-38-42이다. 이것을 참고하여 위의 배합에 어떤 문제가 있는 지를 직접 확인해 보시오.

〈테스트 19〉 제13회와 제15회의 배합이다. 당첨 확률을 높일 수 있는 홀짝수 배합으로 조합하시오.

〈제13회〉

22-23-25-37-38-42+26(보너스 볼)

〈제14회〉

02-06-12-31-33-40+15(보너스 볼)

(해설) 위의 배합에서 중복된 숫자는 37이다. 그리고 새로 첨가되는 숫자는 8과 40이다. 최대 당첨 확률인 홀짝수의 조합은 다음과 같다.

1) 03-04-08-16-22-23

2) 03-14-37-38-40-42

3) 22-23-25-26-30-31

4) 03-04-08-16-22-42

5) 26-30-31-37-38-40

6) 04-08-16-22-23-25

7) 30-31-37-38-40-42

8) 23-25-26-30-31-37

9) 08-16-22-23-25-26

10) 25-26-30-31-37-38

11) 03-04-08-38-40-42

12) 03-04-08-16-40-42

13) 16-22-23-25-26-30

14) 03-31-37-38-40-42

※제16회의 당첨번호는 06-07-24-37-38-40이다. 이것을 참고하여 위의 조합에 어떤 문제가 있는지를 확인해 보십시오.

〈테스트 20〉 제13회와 제15회의 배합입니다. 당첨 가능성이 높은 홀짝수로 조합하시오.

〈제13회〉

22-23-25-387-38-42+26(보너스 볼)

〈제15회〉

03-04-16-30-31-37+13(보너스 볼)

(해설) 위의 배합에서 중복된 숫자는 37이다. 그 대신에 8
과 40을 더하여 홀짝수의 조합을 찾아낸다.

  1) 03-04-08-16-22-23
  2) 03-04-37-38-40-42
  3) 22-23-25-26-30-31
  4) 03-04-08-16-22-42
  5) 26-30-31-37-38-40
  6) 04-08-16-22-23-25
  7) 30-31-37-38-40-42
  8) 23-25-26-30-31-37
  9) 08-16-22-23-25-26
  10) 25-26-30-31-37-38
  11) 03-04-08-38-40-42
  12) 03-04-08-16-40-42
  13) 16-22-23-25-26-30
  14) 03-31-37-38-40-42

※제16회의 당첨번호는 06-07-24-37-38-40번이다. 이것을 참
고하여 위의 조합의 문제점을 찾아 체크하십시오.

〈테스트 21〉 다음은 제12회와 제14회의 배합입니다. 당첨 확률이 높은 홀짝수의 조합으로 만들어 보시오.

〈제12회〉
02-11-21-25-39-45+44(보너스 볼)

〈제14회〉
02-06-12-31-33-40+15(보너스 볼)

(해설) 먼저 중복된 숫자는 2이며 4와 37을 더하였다. 위의 배합에서 당첨 확률이 높은 홀짝수의 배합은 다음과 같다.

  1) 03-21-25-33-37-39
  2) 33-37-39-40-44-45
  3) 02-04-39-40-44-45
  4) 31-33-37-39-40-44
  5) 04-06-11-12-15-21
  6) 02-04-06-40-44-45
  7) 02-04-06-11-12-15
  8) 06-11-12-15-21-25
  9) 02-04-06-11-12-45
 10) 02-04-06-11-12-44
 11) 11-12-15-21-25-31

12) 02-37-39-40-44-45

13) 15-21-25-27-31-33

14) 25-31-33-37-39-40

15) 12-15-21-25-31-33

※제15회의 당첨번호는 03-04-16-30-31-31번이다. 이것을 참고하여 위의 조합의 문제점이 무엇인지를 직접 확인해 보시오.

〈테스트 22〉 제11회와 제13회의 당첨번호 배합을 통하여 제15회에 배팅하려고 한다. 당첨 확률이 높은 홀짝수의 조합을 만들어 보시오.

〈제11회〉

01-07-36-37-41-42+14(보너스 볼)

〈제13회〉

22-23-25-37-38-42+26(보너스 볼)

(해설) 위의 배합에서 중복된 숫자는 37과 42이다. 그러므로 중복된 숫자 대신에 4와 8을 더하여 홀짝수로 조합하면 다음과 같다.

1) 01-04-37-38-41-42

2) 07-08-14-22-23-25

3) 22-23-25-26-36-37

4) 26-37-38-41-42

5) 08-14-22-23-25-26

6) 01-04-07-08-14-22

7) 01-04-07-38-41-42

8) 01-36-37-38-41-42

9) 04-07-08-14-22-23

10) 23-25-26-36-37-38

11) 01-04-07-08-14-42

12) 14-22-23-25-26-36

13) 01-04-07-08-41-42

14) 25-26-36-37-38-41

※제14회의 당첨번호는 02-06-12-31-33-40번이다. 이것을 참고하여 위의 조합에 어떤 문제점이 있는지를 확인해 보십시오.

〈테스트 23〉 제15회와 제17회의 배합이다. 당첨 확률이 높은 홀짝수의 조합으로 나타내시오.

〈제15회〉

03-04-16-30-31-37+13(보너스 볼)

〈제17회〉

03-04-09-17-32-37+01(보너스 볼)

(해설) 먼저 중복된 숫자를 찾아낸다. 3, 4, 37이다. 이 숫자를 대신하여 8, 40, 42를 첨가한다. 이런 수를 기본으로 삼아 홀짝수로 배합하면 다음과 같다.

  1) 13-16-17-30-31-32

  2) 01-31-32-37-40-42

  3) 16-17-30-31-32-37

  4) 01-03-32-37-40-42

  5) 01-03-04-08-09-13

  6) 30-31-32-37-40-42

  7) 03-04-08-09-13-16

  8) 17-30-31-32-37-40

  9) 04-08-09-13-16-17

10) 01-03-04-08-40-42

11) 08-09-13-16-17-30

12) 01-03-04-08-09-42

13) 09-13-16-17-30-31

14) 01-03-04-37-40-42

※제18회의 당첨번호는 03-12-13-19-32-35번이다. 이것을 참고하여 위의 조합의 문제점이 무엇인지를 체크해 보십시오.

제10장
중급자의 배팅 법

여기에서 말하는 중급자는 손해는 최소화 시키면서 기본적인 몫은 챙기는 '배팅 법'이다. 그러므로 여기에는 몇 가지의 철저한 원칙이 있다.

첫째, 일단 87%의 당첨 확률이 보장되는 홀짝수의 조합을 단행한다.

둘째, 가능한 107에서 170사이에 드는 숫자의 합을 구한다.

셋째, 연속된 3자리 수가 중복되는 것을 피한다.

넷째, 같은 선상에서 십의 자리 수가 4자리인 것을 피한다.(이상을 중급조합법이라 한다.)

다섯째, 15분법을 사용한다. 여기에서 말하는 15분법은 배팅에 들어가기 전에 준비된 숫자가 15개인 것을 뜻한다. 15개의 숫자를 확률적으로 세분하면 대략 5,005 게임(6자를 2천원으로 계산) 조합이 성립한다. 그러므로 15개의 숫자만으로 조합을 하더라도 1천10만원의 금액이 소요되는 것이다. 그러나 15분법을 사용하면 당첨 확률이 가장 높은 15개의 게임 숫자(6개로 짜여진)를 찾아낼 수 있다.

이러한 15분법의 확률은 독자 여러분이 굳이 기억할 필요가 없다. 그것은 직접 하지 않더라도 이 책에서 자세한 설명과 확률을 뽑아주므로 번거로운 계산이 필요하지 않기 때문이다. 초급자와는 달리 중급자는 항상 본전 이상을 하는 스타일이다.

〈테스트 1〉 다음은 제1회, 제2회, 제3회 당첨번호의 배합이다. 이 숫자들을 근거로 당첨가능성이 높은 홀짝수의 조합을 찾아내고, 거기에서 배팅에 필요한 항목을 골라내시오.(보너스 볼은 중복된 숫자로 인한 배팅 가능한 숫자가 부족할 때에 사용)

〈제1회〉
10-23-29-33-37-40+16(보너스 볼)

〈제2회〉
09-13-21-25-32-42+02(보너스 볼)

〈제3회〉
11-16-19-21-27-31+30(보너스 볼)

(해설) 위의 숫자들을 배합하면 중복된 숫자들을 제거해 나간다. 중복된 숫자는 16, 21, 10이다. 그런데 숫자가 많으므로 아래에서 제거하여 홀짝수의 조합을 만들면 다음과 같다.

1) 19-21-23-25-27-29
2) 11-32-33-37-40-42
3) 11-13-16-19-21-23
4) 22-29-31-33-37-40

5) 23-25-29-27-31-32

6) 31-32-33-37-40-41

7) 13-16-19-21-23-25

8) 11-13-33-37-40-42

9) 11-13-16-37-40-42

10) 11-13-16-19-21-42

11) 25-27-29-31-32-33

12) 16-19-21-23-25-27

13) 27-29-31-32-33-35

14) 21-23-25-27-29-31

15) 11-13-16-19-40-42

※제4회의 당첨번호는 14-27-30-31-40-42번이다. 제1회에서 제3회까지 나온 숫자만으로 배합하여, 당첨가능성이 있는 홀짝수의 조합을 대조하여 보시기 바랍니다.

초보자의 경우는 15개의 조합을 전부 배팅하겠지만 중급자라면 앞에서 지적한 몇 가지의 문제들을 제거해 나가야 한다. 초급자와는 달리 당첨된 숫자들은 많이 보이지만 5등 이상의 상금에 해당되는 배합은 고작 6)번뿐이다.

＊시험 1

같은 수라 할지라도 어느 수를 제거하느냐에 따라 조합 방법이 달라지는 것은 당연하다. 넘치는 두 자리 숫자 가운데

뒷자리의 높은 수에서 제거해 나간다. 이럴 때의 배합은 다음
과 같다.

1) 13-16-19-21-23-25
2) 11-13-16-19-21-23
3) 09-29-31-32-33-37
4) 10-11-13-16-19-21
5) 23-25-27-29-31-32
6) 09-10-11-13-16-37
7) 09-10-11-13-33-37
8) 19-21-23-25-27-29
9) 09-10-11-32-33-37
10) 10-11-31-32-33-37
11) 09-10-31-32-33-37
12) 16-19-21-23-25-27
13) 27-29-31-32-33-37
14) 21-23-25-27-29-31
15) 25-27-31-32-33-37

※위의 배팅에서 제4회 당첨숫자와 대조해본 결과 5등 이
상에 해당되는 곳이 없었다. 물론 초보자라면 위의 15가지를
모두 배팅하겠지만 중급자라면 앞서의 4가지 요건에 충족하
는 것만을 골라낼 것이다.

★ 시험 2

15분법에서 넘치는 두 수를 위와 아래에서 1자씩을 제거하는 법이다.

1) 10-11-13-16-19-40
2) 10-11-13-33-37-40
3) 27-29-31-32-33-37
4) 21-23-25-27-29-31
5) 23-25-27-29-31-32
6) 25-27-29-31-32-33
7) 19-21-23-25-27-29
8) 10-31-32-33-37-40
9) 16-19-21-23-25-27
10) 11-13-16-19-21-23
11) 10-11-13-16-19-21
12) 10-11-32-33-37-40
13) 10-11-13-16-37-40
14) 13-16-19-21-23-25
15) 29-31-32-33-37-40

※위의 배합을 보면 5등 이상에 당첨되는 곳이 보이지 않는다. 중급자의 배팅에서는 네 가지의 배팅 법을 참조해야 한

다. 이렇듯 첫 번째 배팅에서는 3만원을 투자하여 1만원의 수익을 올렸다. 결국 2만원이 손해다.

〈테스트 2〉 다음은 제2회, 제3회, 제4회의 배합이다. 숫자 가운데 중복된 숫자인 21, 27, 31, 42를 제거한다. 그리고 보너스 볼에 해당하는 2를 플러스한다.

〈제2회〉
09-13-21-25-32-42+02(보너스 볼)

〈제3회〉
11-16-19-21-27-31+30(보너스 볼)

〈제4회〉
14-27-30-31-40-42+02(보너스 볼)

(해설) 위의 중복된 숫자들을 제거해 나간다. 21, 27, 31, 42를 제거한다. 여기에 부족한 1자리는 보너스 볼인 2를 더한다. 당첨가능성이 높은 홀짝수의 조합을 하면 다음과 같다.

1) 02-09-11-32-40-42
2) 27-30-31-32-40-42
3) 11-13-14-16-19-21

4) 02-09-31-32-40-42

5) 02-30-31-32-40-42

6) 19-21-25-27-30-31

7) 02-09-11-13-14-16

8) 21-25-27-30-31-32

9) 14-16-19-21-25-27

10) 02-09-11-13-40-42

11) 02-09-11-13-14-42

12) 16-19-21-25-27-31

13) 25-27-30-31-32-40

14) 09-11-13-14-16-19

15) 13-14-16-19-21-25

※당첨번호는 제5회의 16-24-29-40-41-42번이다. 위의 조합
에서 중급조합법에 의해 제거하여 배팅하면, 결과는 5등 이상
의 당첨금은 없다.

〈테스트 3〉 다음은 제3회, 제4회, 제5회의 배합이다. 당첨 가능한 홀짝수의 조합을 찾아내시오.

〈제3회〉
11-16-19-21-27-31+30(보너스 볼)

〈제4회〉
13-27-30-31-40-42+02(보너스 볼)

〈제5회〉
16-24-29-40-41-42+03(보너스 볼)

(해설) 위의 배합에서 중복된 숫자인 27, 31, 16, 40, 42를 제거하고 2, 3을 더한다. 이렇게 하여 당첨 가능한 홀짝수 조합을 찾아내면 다음과 같다.

1) 16-19-21-24-27-29
2) 02-03-11-14-16-42
3) 24-27-29-30-31-40
4) 19-21-24-27-29-30
5) 29-30-31-40-41-42
6) 21-24-27-29-30-31
7) 02-03-11-14-41-42

8) 02-03-11-14-16-19

9) 03-11-14-16-19-21

10) 02-03-31-40-41-42

11) 27-29-30-31-40-41

12) 14-16-19-21-24-27

13) 11-14-16-19-21-24

14) 02-03-11-40-41-42

15) 02-30-31-40-41-42

※제6회의 당첨번호는 14-15-26-27-40-42다. 위의 조합을 중급조합법에 의하여 제거한다. 그러나 5등 이상의 당첨금은 없다.

〈테스트 4〉 제4회, 제5회, 제6회의 배합이다. 당첨 가능한 홀짝수의 배합을 찾아내시오.

〈제4회〉
14-27-30-31-40-42+02(보너스 볼)

〈제5회〉
16-24-29-40-41-42+03(보너스 볼)

〈제6회〉
14-15-26-27-40-42+34(보너스 볼)

(해설) 위의 배합에서 중복된 숫자를 찾으면 40, 42, 14, 27 이다. 이 숫자를 제거하고 2, 3, 34를 더한다. 당첨가능성이 있는 홀짝수의 조합을 만드시오.

1) 02-31-34-40-41-42
2) 02-03-14-15-16-42
3) 24-26-27-29-30-31
4) 14-15-16-24-26-27
5) 03-14-15-16-24-26
6) 02-03-14-15-16-24
7) 16-24-26-27-29-30

8) 02-03-14-15-41-42

9) 29-30-31-34-40-41

10) 30-31-34-40-41-42

11) 15-16-24-26-27-29

12) 02-03-34-40-41-42

13) 27-29-30-31-34-40

14) 26-27-29-30-31-34

15) 02-03-14-40-41-42

※제7회의 당첨번호는 02-09-16-25-26-40번이다. 중급조합법
에 의해 잘못된 조합을 제거해 나간다. 5등 이상의 당첨 숫자
가 없다.

〈테스트 5〉 제5회, 제6회, 제7회의 배합에서 당첨가능성이 있는 홀짝수의 배합을 찾아내시오.

〈제5회〉
16-24-29-40-41-42+03(보너스 볼)

〈제6회〉
14-15-26-27-40-42+34(보너스 볼)

〈제7회〉
02-09-16-25-26-40+42(보너스 볼)

(해설) 먼저 위의 배합에서 중복된 숫자를 제거한다. 40, 42, 16, 26 등이다. 여기에 3과 34를 더한다. 당첨 가능한 홀짝수 조합은 다음과 같다.

1) 09-14-15-16-24-25
2) 02-29-34-40-41-42
3) 02-03-09-14-15-42
4) 24-25-26-27-29-34
5) 27-29-34-40-41-44
6) 02-03-09-40-41-42
7) 02-03-09-14-15-16

8) 03-09-14-15-16-24

9) 02-03-09-14-41-42

10) 14-15-16-24-25-26

11) 26-27-29-34-40-41

12) 15-16-24-25-26-27

13) 25-26-27-29-34-40

14) 16-24-25-26-27-29

15) 02-03-34-40-41-42

※제8회의 당첨번호는 08-19-25-34-37-39번이다. 중급조합법에 의해 해당되는 항목을 제거해 나간다. 이렇게 하여 남은 항목으로 확인해 나간다. 5등 이상의 당첨 숫자가 없다.

〈테스트 6〉 제6회, 제7회, 제8회의 배합이다. 당첨 가능성이 있는 홀짝수 조합을 찾으시오.

〈제6회〉

14-15-26-27-40-42+34(보너스 볼)

〈제7회〉

02-09-16-25-26-40+42(보너스 볼)

〈제8회〉

08-19-25-34-37-39+09(보너스 볼)

(해설) 먼저 위의 배합에서 중복된 숫자들을 제거한다. 25, 26, 40의 숫자가 그것이다. 당첨 가능한 홀짝수의 배합은 다음과 같다.

1) 08-09-14-15-16-19
2) 02-08-37-39-40-42
3) 19-25-26-27-34-37
4) 14-15-16-19-25-26
5) 16-19-25-26-27-34
6) 02-08-09-14-15-16

7) 15-16-19-25-26-27

8) 02-08-09-39-40-42

9) 25-26-27-34-37-39

10) 26-27-34-37-39-40

11) 02-34-37-39-40-42

12) 02-08-09-14-15-42

13) 27-34-37-39-40-42

14) 02-08-09-14-40-42

15) 09-14-15-16-19-25

※제9회의 당첨번호는 02-04-16-17-36-39번이다. 중급조합법에 의해 해당 항목을 제거해 나간다. 이렇게 하여 남은 항목의 당첨 여부를 확인한다. 5등 이상의 해당 항목이 없다.

〈테스트 7〉 제7회, 제8회, 제9회의 배합에서 당첨 가능한 홀짝수 조합을 찾아내시오.

〈제7회〉
02-09-16-25-26-40+42(보너스 볼)

〈제8회〉
08-19-25-34-37-39+09(보너스 볼)

〈제9회〉
02-04-16-17-36-39+14(보너스 볼)

(해설) 먼저 위의 배합에서 중복된 숫자를 제거한다. 2, 25, 16, 39가 그것이다. 여기에 42를 더하여 홀짝수의 조합을 한다. 내용은 다음과 같다.

1) 02-04-08-09-16-42
2) 25-26-34-36-37-39
3) 26-34-36-37-39-42
4) 34-36-37-39-40-42
5) 19-25-26-34-36-37
6) 02-04-37-39-40-42

7) 02-04-08-09-16-17

8) 02-36-37-39-40-42

9) 16-17-19-25-26-34

10) 02-04-08-09-40-42

11) 09-16-17-19-25-26

12) 04-08-09-16-17-19

13) 02-04-08-39-40-42

14) 17-19-25-26-34-36

15) 08-09-16-17-19-25

※제10회의 당첨번호는 09-25-30-33-41-44이다. 위의 조합을 중급자조합법에 의하여 제거하고 나머지 항목에 대해 당첨 여부를 결정한다. 5등 이상의 당첨은 눈에 보이지 않는다.

〈테스트 8〉 제8회, 제9회, 제10회의 배합에서 당첨 가능한 홀짝수 조합을 찾아내시오.

〈제8회〉
08-19-25-34-37-39+09(보너스 볼)

〈제9회〉
02-04-16-17-36-39+14(보너스 볼)

〈제10회〉
09-25-30-33-41-44+06(보너스 볼)

(해설) 먼저 위의 숫자 배합에서 중복된 숫자를 제거한다. 39와 25가 그것이다. 여기에서 넘치는 숫자 가운데 2를 제거한다. 홀짝수로 조합하여 나타내면 다음과 같다.

1) 08-09-16-17-19-25
2) 09-16-17-19-25-30
3) 19-25-30-33-34-36
4) 04-08-09-16-17-42
5) 04-08-37-39-41-42
6) 17-19-25-30-33-34

7) 04-08-09-39-41-42

8) 25-30-33-34-36-37

9) 04-08-09-16-17-19

10) 04-08-09-16-41-42

11) 16-17-19-25-30-33

12) 04-36-37-39-41-42

13) 33-34-36-37-39-41

14) 30-33-34-36-37-39

15) 34-36-37-39-41-42

※제11회의 당첨번호는 01-07-36-37-41-41이다. 5등에 당첨된 번호는 5), 13)이고 4등은 12)와 15)번이다. 제11회의 4등은 206,800원이므로 206,800×2=413,600원이고 5등이 2곳이므로 2만원이다. 합계는 433,600원이다.

〈테스트 9〉 제9회, 제10회, 제11회의 당첨 숫자를 합하여 제12회에 배팅하려고 한다. 먼저 당첨가능성을 높이는 홀짝수의 합을 구하시오.

〈제9회〉
02-04-16-17-36-39+14(보너스 볼)

〈제10회〉
09-25-30-33-41-44+06(보너스 볼)

〈제11회〉
01-07-36-37-41-42+14(보너스 볼)

(해설) 먼저 숫자의 합을 구하여 중복된 숫자를 가려낸다. 36과 41이다. 여기에서 넘치는 숫자가 있으므로 1을 제거하여 당첨가능성이 높은 홀짝수의 조합을 찾아낸다.

  1) 09-16-17-25-30-33
  2) 30-33-36-37-39-41
  3) 04-07-09-16-17-25
  4) 02-04-07-41-42-44
  5) 36-37-39-41-42-44
  6) 07-09-16-17-25-30

7) 02-37-39-41-42-44
8) 02-04-39-41-42-44
9) 25-30-33-36-37-39
10) 02-04-07-09-42-44
11) 02-04-07-09-42-44
12) 02-04-07-09-16-44
13) 17-25-30-33-36-37
14) 30-36-37-39-41-42
15) 16-17-25-30-30-36

※제12회의 당첨번호는 02-11-21-25-39-45이다. 여기에서 중급조합법에 해당되는 항목을 제거해 나간 후 나머지 항목에 대해 당첨여부를 결정한다.

〈테스트 10〉 제11회, 제12회, 제13회의 당첨 숫자들을 배합하여 제14회에 배팅하려고 한다. 당첨 가능한 홀짝수의 조합을 찾아내시오?

〈제11회〉
01-07-36-37-41-42+14(보너스 볼)

〈제12회〉
02-11-21-25-39-45+44(보너스 볼)

〈제13회〉
22-23-25-37-38-42+26(보너스 볼)

(해설) 먼저 중복된 숫자의 합을 찾아내 제거한다. 25, 37, 42가 그것이다. 당첨가능성이 있는 홀짝수의 조합을 찾아내면 다음과 같다.

1) 07-11-21-22-23-25
2) 01-02-07-11-21-22
3) 25-36-37-38-39-41
4) 21-22-23-25-36-37
5) 36-37-38-39-41-42
6) 01-02-39-41-42-45

7) 01-38-39-41-42-45

8) 01-02-07-11-21-45

9) 37-38-39-41-42-45

10) 22-23-25-36-37-38

11) 22-23-25-36-37-38

12) 23-25-36-37-38-39

13) 01-02-07-11-42-45

14) 11-21-22-23-25-36

15) 01-02-07-41-42-45

※제14회의 당첨번호는 02-06-12-31-33-40번이다. 중급조합법에 의거하여 제거해 나간 후, 나머지 항목에 대해 당첨여부를 결정한다.

〈테스트 11〉 제12회, 제13회, 제14회의 당첨숫자를 합한다. 이때 나타난 중복 숫자인 25와 2를 제거한다. 이러한 숫자들을 합하여 당첨이 가능한 홀짝수의 조합을 찾아내시오.

〈제12회〉
02-11-21-25-39-45+44(보너스 볼)

〈제13회〉
22-23-25-37-38-42+26(보너스 볼)

〈제14회〉
02-06-12-31-33-37+13(보너스 볼)

(해설) 당첨 가능한 홀짝수의 조합은 다음과 같다.

1) 06-11-39-40-41-45
2) 12-21-22-23-24-45
3) 11-12-21-22-23-25
4) 06-11-12-21-22-23
5) 21-22-23-25-31-33
6) 06-38-39-40-42-45
7) 06-11-12-21-22-45
8) 31-33-37-38-39-40

9) 06-11-12-21-22-41

10) 25-31-33-37-38-39

11) 25-31-33-38-39-45

12) 33-37-38-39-40-42

13) 22-23-25-31-33-37

14) 06-11-12-40-41-42

15) 23-25-31-33-37-38

※먼저 중급 공략 법에 의거하여 해당 항목을 제거한다.
그런 다음 제15차 당첨번호인 03-04-16-30-31-37을 확인한다.

〈테스트 12〉 제13회, 제14회, 제15회의 당첨번호를 배합하여 16회에 배팅하려고 한다. 당첨가능성을 높이는 홀짝수 조합법을 찾아내시오.

〈제13회〉
22-23-25-37-38-42+13(보너스 볼)

〈제14회〉
02-06-12-31-33-40+15(보너스 볼)

〈제15회〉
03-04-16-30-31-37+13(보너스 볼)

(해설) 먼저 중복된 숫자를 제거한다. 31과 37이다. 또한 항목이 넘치므로 2를 공제한다. 그런 다음에 당첨 가능한 홀짝수 조합을 찾아낸다.

1) 03-04-37-38-40-42
2) 12-16-22-23-25-30
3) 25-30-31-33-37-38
4) 25-30-31-33-37-38
5) 30-31-33-37-38-40
6) 16-22-23-25-30-31

7) 22-23-25-30-31-33

8) 04-06-12-16-22-23

9) 03-04-06-12-16-42

10) 03-33-37-38-40-42

11) 03-04-06-12-16-22

12) 31-33-37-38-40-42

13) 03-04-06-38-40-42

14) 03-04-06-12-40-42

15) 06-12-16-22-23-25

※제16회의 당첨번호는 06-07-24-37-38-40번이다. 중급조합법으로 제거하고 난 다음 당첨을 확인한다.

〈테스트 13〉 제14회, 제15회, 제16회의 당첨숫자들을 배합하여 제17회에 배팅을 하려고 한다. 당첨가능성이 높은 홀짝수의 조합은 무엇인가?

〈제14회〉
02-06-12-31-33-40+15(보너스 볼)

〈제15회〉
03-04-16-30-31-37+13(보너스 볼)

〈제16회〉
06-07-24-37-38-40+33(보너스 볼)

(해설) 먼저 중복된 숫자를 제거한다. 31, 6, 37이 그것이다. 여기에 15를 더하여 당첨 가능한 홀짝수를 찾아낸다.

1) 06-07-12-15-16-24
2) 04-06-07-12-15-16
3) 02-03-04-06-38-40
4) 15-16-24-30-31-33
5) 03-04-06-07-12-15
6) 02-31-33-37-38-40
7) 24-30-31-33-37-38

8) 02-03-33-37-38-40

9) 16-24-30-31-33-37

10) 02-03-33-37-38-40

11) 07-12-15-16-24-30

12) 02-03-04-37-38-40

13) 02-03-04-06-07-40

14) 02-03-04-06-07-12

15) 12-15-16-24-30-31

※제17회의 당첨번호는 03-04-09-17-32-37이다. 중급조합법으로 제거한 후, 나머지 항목에 대하여 당첨여부를 확인한다.

〈테스트 14〉 제15회, 제16회, 제17회의 당첨숫자를 배합하여 당첨가능성이 높은 홀짝수를 찾아내시오.

〈제15회〉
03-04-16-30-31-37+13(보너스 볼)

〈제16회〉
06-07-12-31-33-40+33(보너스 볼)

〈제17회〉
03-04-09-17-32-37+01(보너스 볼)

(해설) 먼저 중복된 숫자를 제거한다. 37, 3, 4가 그것이다. 여기에서 당첨 가능성이 있는 홀짝수를 찾아낸다.

1) 24-30-31-32-37-38
2) 16-17-24-30-31-32
3) 09-13-16-17-24-30
4) 03-04-6-37-38-40
5) 03-04-32-37-38-40
6) 06-07-09-13-16-17
7) 13-16-17-24-30-31
8) 30-31-32-37-38-40

9) 17-24-30-31-32-37

10) 03-04-06-07-40-48

11) 03-04-06-07-09-40

12) 07-09-13-16-17-24

13) 03-04-06-07-09-13

14) 04-06-07-09-13-16

15) 03-31-32-37-38-40

(해설) 제18회의 당첨번호는 03-12-13-19-32-35이다. 중급조
합법으로 제거한 후 다른 항목의 당첨 여부를 확인한다.

제11장
이기는 배팅과 지는 배팅

로또lotto는 지금처럼 온통 대한민국 땅을 헤집어놓는 도박이 아니라 일종의 레저다. 이른바 머리를 식히는 게임이라는 얘기다. 그런데 로또 게임에 도전하는 사람들은 전혀 이런 생각을 하지 않는 것 같다. 수백만 원을 가지고 게임을 하거나 또 어떤 이는 3천만 원의 거금을 쏟아 붓는 진풍경도 벌어졌다. 그렇다면 그들은 게임에 이겼는가? 그것은 아니다. 제9장에서 본 것처럼 초보자의 게임과 제10장의 중급자의 본전치기에도 미치지 못한 것이다.

　게임은 어지러운 정신을 맑게 한다. 그러나 지나친 도박성은 머리를 어지럽게 만드는 것은 굳이 설명하지 않아도 될 일이다. 이제부터 이기는 게임에 대해서 생각해 보아야 한다.

1. 이기는 게임의 법칙

이기는 게임에는 다음과 같은 특성이 있다. 앞장에서 설명한 바 있는 게일하워드의 법칙이다.

첫째, 이전에 나온 당첨번호의 조합은 불가하다.
둘째, 23보다 낮은 수의 조합은 피하라
셋째, 배수의 조합을 피하라.
넷째, 연속되는 여섯 개의 숫자를 피하라.
다섯째, 한0그룹의 수의 조합을 피하라.
여섯째, 끝자리가 같은 수의 조합도 피하라.
일곱째, 홀수와 짝수의 비율을 2:4, 3:3, 4:2의 조합을 취하라. 이런 수의 당첨 확률이 87%에 이른다.
여덟째, 한 그룹의 수는 제외시켜라.
아홉째, 이전의 번호 추첨에서 나온 번호를 하나쯤은 포함시킨다.
열 번째, 연속적으로 나온 수는 제외시킨다.
열한 번째, 1개는 최근 10회의 추첨에서 나온 번호를 포함시키고 나머지는 나오지 않는 것으로 한다.
열두 번째, 6개의 수의 합은 106에서 170으로 한다.

2. 실전에서의 로또

〈배팅 1〉 다음은 甲이 제1회 차, 제2회 차, 제3회 차, 제4회 차를 참고로 하여 제5회 차의 로또에 배팅하려 한다. 다음의 수를 근거로 삼아 배팅하시오.(배팅할 때는 보너스 숫자는 제외시킨다)

제1회 : 10-23-29-33-37-40

제2회 : 09-13-21-25-32-42

제3회 : 11-16-19-21-27-31

제4회 : 14-27-30-31-40-42

(진행) 이런 경우에는 무엇보다 연속되는 수가 있는 지를 살펴보아야 한다. 또는 자주 나오는 수를 찾기 위해서는 다음과 같은 6/45 도형을 만드는 것이 유리하다.

1	2	3	4	5	6	7
8	9	10	11	12	13	14
15	16	17	18	19	20	21
22	23	24	25	26	27	28
29	30	31	32	33	34	35
36	37	38	39	40	41	42
43	44	45				

위의 6/45 도형에 의하면 두 번 이상 중복된 숫자는 22, 27, 31, 40, 42임을 알 수 있다. 이러한 위의 숫자 군(群)에서 15분법을 사용하기 위해서는 게임에 임하는 숫자들을 15자로 만드는 것이 유리하다. 그런 점에서 위의 도형에서 숫자 제거법을 사용한다.

이러한 제거법의 기본은 제3회와 제4회에 연속적으로 나오는 수를 제거하는 것이다. 이렇게 하여 골라낸 숫자는 9, 10, 11, 13, 14, 16, 19, 23, 25, 29, 30, 32, 33, 37, 40, 42다. 위의 숫자는 16자 이므로 자신이 싫어한 13의 수를 제거하여 15분법으로 조합해 보았다.

1) 33-32-29-23-25-30
2) 14-11-19-23-16-10
3) 32-29-30-40-37-33
4) 29-14-23-19-16-25
5) 14-09-11-16-10-25
6) 19-11-10-16-10-42
7) 32-42-33-37-40-30
8) 37-25-29-30-33-32
9) 37-09-32-33-40-42
10) 11-09-14-42-40-10
11) 37-33-29-30-25-42
12) 30-16-23-29-19-25

13) 10-09-33-42-37-40
14) 14-19-23-25-11-16
15) 42-40-37-11-10-09

※제5회의 당첨번호는 16-24-29-40-41-41다. 위의 조합을 대비해보면 당첨 조합은 하나도 없음을 알 수 있다. 다만, 모든 항목이 1~2의 당첨번호가 있는 것이 눈에 뜨인다. 이 배팅의 문제점은 다음과 같이 분석할 수 있다. 이러한 분석은 본인이 직접 6자를 고르는 배팅 법에 필요하기 때문이다. 여기에서 특기할 점은 자주 나오는 숫자로 42를 택하였으며, 연속된 21, 31, 27을 제거하였다는 점이다.

* 다른 유형의 배팅

이것은 〈배팅1〉을 변형 시킨 배팅법이다. 먼저 6/45 도형으로 재정비한 내용이다.

1	2	3	4	5	6	7
8	9	10	11	12	13	14
15	16	17	18	19	20	21
22	23	24	25	26	27	28
29	30	31	32	33	34	35
36	37	38	39	40	41	42
43	44	45				

보는 바와 같이 45개의 칸에 배팅이 된 것은 15칸이다. 이것을 가장 당첨 확률이 높다는 홀짝수 조합법을 사용하여 조합하면 다음과 같이 나타난다.

1) 42-37-32-30-40-33
2) 11-14-19-16-09-42
3) 21-24-30-25-19-23
4) 21-16-23-25-19-24
5) 09-33-11-42-40-37
6) 21-11-16-09-14-19
7) 24-25-23-32-33-30
8) 37-24-25-30-33-32
9) 40-42-14-11-09-37
10) 14-11-16-42-40-09
11) 11-16-23-19-21-14
12) 16-21-23-19-24-14
13) 25-40-30-33-37-32
14) 25-33-32-21-30-24
15) 33-42-32-09-40-37

※결과는 10) 항이 5등으로 조합되었다.

〈배팅 2〉 다음은 甲이 제2회 차, 제3회 차, 제4회 차, 제5회 차를 참고로 하여 제6회 차의 로또에 배팅하려 한다. 다음의 수를 근거로 삼아 배팅하시오.(배팅할 때는 보너스 숫자는 제외시킨다)

제2회 : 09-13-21-25-32-42
제3회 : 11-16-19-21-27-31
제4회 : 14-27-30-31-40-42
제5회 : 16-24-29-40-41-42

(진행) 이런 경우에는 무엇보다 연속되는 수가 있는 지를 살펴보아야 한다. 또는 자주 나오는 수를 찾기 위해서는 다음과 같은 6/45 도형을 만드는 것이 유리하다.

1	2	3	4	5	6	7
8	9	10	11	12	13	14
15	16	17	18	19	20	21
22	23	24	25	26	27	28
29	30	31	32	33	34	35
36	37	38	39	40	41	42
43	44	45				

위의 6/45 도형에 의하면 중복된 숫자는 21, 27, 31, 42, 16, 40 등이다. 15분법을 사용하기 위해서는 게임에 임하는 숫자

를 15자로 만드는 것이 중요하다. 또한 숫자 제거 법을 적용하여 40, 42를 공제하면 9, 11, 13, 14, 16, 19, 21, 24, 25, 27, 29, 30, 31, 32, 41 등이다. 이를 15분법으로 홀짝수 조합을 시도하면 당첨 가능한 조합은 다음과 같다.

   1) 19-21-29-25-24-27
   2) 31-29-09-30-32-41
   3) 16-21-19-25-27-24
   4) 11-21-14-13-16-19
   5) 16-11-14-19-13-09
   6) 11-32-14-13-41-09
   7) 41-32-29-31-27-30
   8) 09-41-16-14-11-13
   9) 13-41-11-32-31-09
  10) 21-19-13-24-16-14
  11) 27-30-31-32-29-25
  12) 30-24-27-25-21-29
  13) 29-31-30-25-27-24
  14) 24-21-19-14-25-16
  15) 11-41-31-32-30-09

   ※제6회의 당첨번호는 14-15-26-27-40-42번이다. 위의 조합을 대비해 보면 5등 이상의 당첨 조합이 하나도 없음을 알 수

있다. 이 배팅의 문제점은 그저 평균적인 방법을 택하였다는 것이다.

＊다른 유형의 배팅

이것은 〈배팅2〉를 변형시킨 내용이다. 먼저 6/45 도형으로 정비한 내용이다.

1	2	3	4	5	6	7
8	9	10	11	12	13	14
15	16	17	18	19	20	21
22	23	24	25	26	27	28
29	30	31	32	33	34	35
36	37	38	39	40	41	42
43	44	45				

보는 것처럼 정비된 칸은 15개이다. 최대의 당첨 가능한 홀짝수 조합을 찾아본다.

1) 04-13-19-21-23-06
2) 25-23-27-26-40-24
3) 21-14-16-24-23-19
4) 21-24-23-25-27-26
5) 25-24-27-41-40-26
6) 14-11-09-19-13-16

7) 09-16-14-11-42-13

8) 25-24-23-21-16-19

9) 40-41-11-13-09-42

10) 26-41-42-27-09-42

11) 19-26-21-23-25-24

12) 19-11-16-14-21-13

13) 09-11-42-27-41-40

14) 41-11-09-13-14-42

15) 40-42-27-25-41-36

※결과는 2)항 5)항 13항이 5등에 조합되었고, 10)항과 15)항이 4등에 조합되었다.

〈배팅 3〉 다음은 甲이 제3회 차, 제4회 차, 제5회 차, 제6회 차를 참고로 하여 제7회 차의 로또에 배팅하려 한다. 다음의 수를 근거로 삼아 배팅하시오.(배팅할 때는 보너스 숫자는 제외시킨다)

제3회 : 11-16-19-21-27-31
제4회 : 14-27-30-31-40-42
제5회 : 16-24-29-40-41-42
제6회 : 14-15-26-27-40-42

(진행) 위의 숫자 배합을 6/45 도형으로 나타내면 다음과 같다. 먼저 중복된 숫자를 제거하고 연속적으로 나오는 숫자 역시 제거한다.

1	2	3	4	5	6	7
8	9	10	11	12	13	14
15	16	17	18	19	20	21
22	23	24	25	26	27	28
29	30	31	32	33	34	35
36	37	38	39	40	41	42
43	44	45				

중복된 숫자인 27, 31, 16, 40, 42, 14, 27, 40 등을 제거한다. 이를 15분법으로 홀짝수 조합을 시도하면 다음과 같다.

1) 42-15-14-16-41-14

2) 42-41-31-40-11-30

3) 21-15-16-14-11-19

4) 24-15-26-21-19-16

5) 29-26-31-24-30-27

6) 26-29-21-27-19-24

7) 40-30-31-42-29-41

8) 30-26-27-24-21-29

9) 29-31-40-26-27-30

10) 31-41-30-40-27-29

11) 11-17-16-14-15-42

12) 16-24-19-27-21-26

13) 41-11-14-42-40-31

14) 16-24-15-19-14-21

15) 15-40-11-14-42-41

※제7회의 당첨번호는 02-09-16-25-26-40번이다. 5등 이상의 당첨 번호가 하나도 없다.

〈배팅 4〉 다음은 甲이 제4회 차, 제5회 차, 제6회 차, 제7회 차를 참고로 하여 제8회 차의 로또에 배팅하려 한다. 다음의 수를 근거로 삼아 배팅하시오.(배팅할 때는 보너스 숫자는 제외시킨다)

제4회 : 14-27-30-31-40-42

제5회 : 16-24-29-40-41-42

제6회 : 14-15-26-27-40-42

제7회 : 02-09-16-25-26-40

(진행) 위의 숫자들을 6/45 도형으로 나타내면 다음과 같다. 먼저 중복된 숫자인 40, 41, 42, 14, 27 등을 제거한다.

1	2	3	4	5	6	7
8	9	10	11	12	13	14
15	16	17	18	19	20	21
22	23	24	25	26	27	28
29	30	31	32	33	34	35
36	37	38	39	40	41	42
43	44	45				

중복된 숫자들을 제거하면 02, 09, 14, 15, 16, 24, 25, 26, 27, 29, 30, 31, 40, 41, 42를 15분법으로 홀짝수 조합을 시도한다. 당첨 가능한 조합은 다음과 같다.

1) 30-29-42-40-31-31
2) 42-40-31-09-41-02
3) 25-16-15-26-27-24
4) 15-16-09-42-14-02
5) 14-24-15-09-02-16
6) 40-14-42-02-09-41
7) 29-25-24-27-16-26
8) 42-09-02-15-41-14
9) 26-29-25-30-24-27

10) 30-29-26-31-27-25

11) 14-25-26-31-27-25

12) 41-27-30-40-29-31

13) 09-16-24-14-25-14

14) 40-26-31-27-28-30

15) 41-31-30-40-02-42

※제8회의 당첨번호는 08-19-25-34-37-39번이다. 위의 조합을 대비하면 5등 이상의 당첨 번호는 하나도 없음을 알 수 있다.

〈배팅 5〉 다음은 이 제5회 차, 제6회 차, 제7회 차, 제8회 차를 참고로 하여 제9회 차의 로또에 배팅하려 한다. 다음의 수를 근거로 삼아 배팅하시오.(배팅할 때는 보너스 숫자는 제외시킨다)

제5회 : 16-24-29-40-41-42

제6회 : 14-15-26-27-40-42

제7회 : 02-09-16-25-26-40

제8호 : 08-19-25-34-37-39

(진행) 위의 숫자들을 6/45 도형으로 나타내면 다음과 같다. 중복된 숫자는 40, 42, 16, 26, 25이다. 숫자가 많으므로 자

주 나오는 25, 37, 40, 42에서 25만을 택하여 조합한다.

1	2	3	4	5	6	7
8	9	10	11	12	13	14
15	16	17	18	19	20	21
22	23	24	25	26	27	28
29	30	31	32	33	34	35
36	37	38	39	40	41	42
43	44	45				

중복된 숫자들을 제거하면 02, 08, 09, 14, 15, 16, 19, 24, 26, 27, 29, 34, 39, 41이다. 자주 나오는 25, 37, 40, 42 가운데 25만 취하여 홀짝수 조합을 시도한다.

1) 41-39-02-29-34-27

2) 25-19-16-14-15-24

3) 15-14-04-02-16-8

4) 41-02-08-09-39-34

5) 29-26-39-34-27

6) 34-26-41-39-29-27

7) 15-14-19-09-24-16

8) 08-16-14-19-09-15

9) 29-25-24-19-27-26

10) 09-14-39-41-08-02

11) 09-41-14-08-15-02

12) 27-26-34-24-25-29

13) 16-24-15-19-26-25

14) 24-19-16-27-26-25

15) 29-08-02-41-34-39

※제9회의 당첨번호는 02-04-16-17-36-39번이다. 위의 조합들을 대비해 보면 당첨 5등 이상의 당첨 조합이 하나도 없음을 알 수 있다.

★ 다른 유형의 배팅

이것은 〈배팅5〉를 변형시킨 내용이다. 먼저 6/45 도형으로 정비한 내용이다.

1	2	3	4	5	6	7
8	9	10	11	12	13	14
15	16	17	18	19	20	21
22	23	24	25	26	27	28
29	30	31	32	33	34	35
36	37	38	39	40	41	42
43	44	45				

보는 바와 같이 45개의 칸에 배팅이 된 것은 15칸이다. 이것을 가장 당첨 확률이 높다는 홀짝수 조합법을 사용하여 조

합하면 다음과 같이 나타난다.

1) 02-18-08-09-16-05
2) 27-37-34-26-39-29
3) 37-40-39-41-29-34
4) 29-34-19-26-25-27
5) 27-25-29-34-37-26
6) 08-40-37-41-02-39
7) 02-37-40-34-41-39
8) 29-40-27-39-34-37
9) 41-09-40-39-08-02
10) 09-08-40-15-02-41
11) 19-26-27-16-29-15
12) 08-09-25-16-19-15
13) 16-08-09-15-41-02
14) 15-09-19-25-26-16
15) 16-15-27-25-26-09

※ 결과는 2개의 결합이 6개가 나타났다.

〈배팅 6〉 다음은 甲이 제6회 차, 제7회 차, 제8회 차, 제9회 차를 참고로 하여 제10회 차의 로또에 배팅하려 한다. 다음의 수를 근거로 삼아 배팅하시오.(배팅할 때는 보너스 숫자는 제외시킨다)

제6회 : 14-15-26-27-40-42

제7회 : 02-09-16-25-26-40

제8회 : 08-19-25-34-37-39

제9회 : 02-04-16-17-36-39

(진행) 위의 숫자들을 6/45 도형으로 나타내면 다음과 같다. 먼저 중복된 숫자를 제거한다. 또한 25, 37, 40, 42 중에서 25만 택한다.

1	2	3	4	5	6	7
8	9	10	11	12	13	14
15	16	17	18	19	20	21
22	23	24	25	26	27	28
29	30	31	32	33	34	35
36	37	38	39	40	41	42
43	44	45				

이렇게 하여 골라낸 숫자는 2, 8, 9, 14, 15, 16, 17, 19, 25, 26, 27, 34, 36, 39, 41 등으로 홀짝수 조합을 시도한다.

1) 16-27-19-17-26-25

2) 26-25-34-39-27-36

3) 36-02-26-27-39-34

4) 15-16-14-08-17-09

5) 19-15-16-17-14-09

6) 39-04-08-02-34-36

7) 39-14-09-04-08-02

8) 25-34-26-19-27-17

9) 08-09-39-36-02-04

10) 25-27-34-26-36-19

11) 08-16-15-09-14-04

12) 04-14-09-02-15-08

13) 02-27-39-04-34-36

14) 19-16-25-26-15-17

15) 14-16-25-15-19-17

※제10회의 당첨번호는 09-25-30-33-41-44번이다. 위의 조합을 대비해 보면 5등 이상의 당첨 조합이 없다.

★ 다른 유형의 배팅

이것은 〈배팅6〉을 변형시킨 내용이다. 먼저 6/45 도형으로
정비한 내용이다.

1	2	3	4	5	6	7
8	9	10	11	12	13	14
15	16	17	18	19	20	21
22	23	24	25	26	27	28
29	30	31	32	33	34	35
36	37	38	39	40	41	42
43	44	45				

보는 바와 같이 45개의 칸에 배팅이 된 것은 15칸이다. 이
것을 가장 당첨 확률이 높다는 홀짝수 조합법을 사용하여 조
합하면 다음과 같이 나타난다.

1) 15-16-26-25-09-19

2) 02-09-41-15-08-04

3) 25-19-27-37-36-26

4) 15-04-19-16-09-08

5) 39-41-37-04-02-40

6) 09-19-25-08-16-15

7) 36-39-25-27-37-26

8) 39-08-40-04-41-02

9) 39-40-36-41-27-37

10) 02-40-08-09-04-41

11) 26-19-25-27-15-16

12) 39-26-36-27-40-37

13) 02-41-37-40-39-36

14) 16-36-27-25-19-26

15) 16-02-08-04-15-09

※결과는 2개의 조합이 4개가 나타났을 뿐이다.

〈배팅 7〉 다음은 甲이 제7회 차, 제8회 차, 제9회 차, 제10회 차를 참고로 하여 제11회 차의 로또에 배팅하려 한다. 다음의 수를 근거로 삼아 배팅하시오.(배팅할 때는 보너스 숫자는 제외시킨다)

제7회 : 02-09-16-25-26-40

제8회 : 08-19-25-34-37-39

제9회 : 02-04-16-17-36-39

제10회 : 09-25-30-33-41-44

(진행) 위의 숫자들을 6/45 도형으로 나타내면 다음과 같다.

1	2	3	4	5	6	7
8	9	10	11	12	13	14
15	16	17	18	19	20	21
22	23	24	25	26	27	28
29	30	31	32	33	34	35
36	37	38	39	40	41	42
43	44	45				

먼저 중복된 숫자들을 제거한다. 25, 02, 16, 39, 9가 그것이다. 다시 01, 25, 39, 2를 다시 제거한다.

1) 40-34-36-33-37-30

2) 09-08-26-17-16-19

3) 41-44-04-36-37-40

4) 30-36-33-37-34-26

5) 08-41-09-04-16-44

6) 30-34-26-17-19-33

7) 04-40-08-37-41-44

8) 30-16-26-09-19-17

9) 34-36-40-41-33-37

10) 17-26-33-30-16-19

11) 37-34-41-36-44-40

12) 19-26-36-30-33-34

13) 09-44-08-41-40-04

14) 04-09-08-17-16-44

15) 19-17-16-09-04-08

※제11회 당첨번호는 01-07-36-37-41-42번이다. 위의 조합에서 당첨 조합을 찾아내면 3), 9), 11)번이 5등에 당첨되었다.

다른 유형의 배팅

1	2	3	4	5	6	7
8	9	10	11	12	13	14
15	16	17	18	19	20	21
22	23	24	25	26	27	28
29	30	31	32	33	34	35
36	37	38	39	40	41	42
43	44	45				

이것은 〈배팅7〉을 변형시킨 내용이다. 먼저 6/45 도형으로 정비한 내용이다. 이것을 가장 당첨 확률이 높다는 홀짝수 조합법을 사용하여 조합하면 다음과 같이 나타난다.

1) 41-09-19-16-08-44

2) 30-33-19-26-25-16

3) 34-37-26-30-36-33

4) 19-26-30-34-33-25

5) 44-40-16-9-41-08

6) 08-16-26-19-09-25

7) 33-26-36-30-25-34

8) 16-25-09-30-26-19

9) 39-08-40-37-44-41

10) 41-37-34-40-39-36

11) 44-09-25-16-08-19

12) 40-09-39-08-41-44

13) 34-40-36-39-33-37

14) 39-36-30-33-34-37

15) 40-36-44-37-39-41

※결과는 10)항과 15)항이 5등에 당첨되었다.

〈배팅 8〉 다음은 甲이 제8회 차, 제9회 차, 제10회 차, 제11회 차를 참고로 하여 제12회 차의 로또에 배팅하려 한다. 다음의 수를 근거로 삼아 배팅하시오.(배팅할 때는 보너스 숫자는 제외시킨다)

제8회 : 08-19-25-34-37-39
제9회 : 02-04-16-17-36-39
제10회 : 09-25-30-33-41-44
제11회 : 01-07-36-37-41-42

(진행) 위의 숫자들을 6/45 도형으로 나타내면 다음과 같다.

1	2	3	4	5	6	7
8	9	10	11	12	13	14
15	16	17	18	19	20	21
22	23	24	25	26	27	28
29	30	31	32	33	34	35
36	37	38	39	40	41	42
43	44	45				

위의 배합에서 중복된 숫자를 제거한다. 39, 25, 36, 47, 41이다. 또 16은 짝수 당첨번호에는 나타나지 않았으므로 제거한다. 또한 배팅의 원칙에 따라 8, 9의 한 줄도 제거한다. 이

렇게 하여 골라낸 숫자는, 1,2 4, 7, 8, 9, 17, 19, 25, 30, 33, 34, 36, 37, 39, 42, 44이다.

1) 19-33-30-25-17-07
2) 30-19-34-33-17-25
3) 37-42-01-02-44-39
4) 25-37-36-33-34-30
5) 19-02-01-17-07-04
6) 37-42-39-34-30-37
7) 33-36-39-34-30-37
8) 19-17-07-25-30-04
9) 01-44-42-36-37-39
10) 01-04-44-07-17-02
11) 44-39-42-04-01-02
12) 42-37-36-33-34-39
13) 04-44-02-01-07-42
14) 33-19-34-30-36-29
15) 07-15-25-04-19-02

※제12회의 당첨번호는 02-11-21-25-39-45이다. 위의 조합에서 5등 이상의 당첨번호는 없다.

★ 다른 유형의 배팅

이것은 〈배팅8〉을 변형시킨 내용이다. 먼저 6/45 도형으로 정비한 내용이다.

1	2	3	4	5	6	7
8	9	10	11	12	13	14
15	16	17	18	19	20	21
22	23	24	25	26	27	28
29	30	31	32	33	34	35
36	37	38	39	40	41	42
43	44	45				

보는 바와 같이 45개의 칸에 배팅이 된 것은 15칸이다. 이것을 가장 당첨 확률이 높다는 홀짝수 조합법을 사용하여 조합하면 다음과 같이 나타난다.

1) 19-30-09-33-25-16

2) 04-02-01-42-07-39

3) 39-36-30-33-37-25

4) 39-03-36-02-42-01

5) 37-04-39-01-42-02

6) 33-25-36-19-16-30

7) 02-04-42-01-37-36

8) 39-33-42-01-37-36

9) 04-07-16-08-19-09

10) 07-02-04-16-09-08

11) 39-33-37-36-42-30

12) 08-09-01-04-02-07

13) 25-09-16-08-19-07

14) 37-30-33-36-25-19

15) 09-19-30-16-08-25

※결과는 4개의 조합이 4개 나타났을 뿐이다. 이런 조합은 근본적으로 배팅을 하기에 부적적한 모양이다.

〈배팅 9〉 다음은 甲이 제9회 차, 제10회 차, 제11회 차, 제12회 차를 참고로 하여 제13회 차의 로또에 배팅하려 한다. 다음의 수를 근거로 삼아 배팅하시오.(배팅할 때는 보너스 숫자는 제외시킨다)

제9회 : 02-04-16-17-36-39

제10회 : 09-25-30-33-41-44

제11회 : 01-07-36-37-41-42

제12회 : 02-11-21-25-39-45

(진행) 위의 배합에서 중복된 숫자들을 제거한다. 이것을 6/45 도형으로 나타내면 다음과 같다.

1	2	3	4	5	6	7
8	9	10	11	12	13	14
15	16	17	18	19	20	21
22	23	24	25	26	27	28
29	30	31	32	33	34	35
36	37	38	39	40	41	42
43	44	45				

또한 자주 등장하는 25, 37, 40, 42의 숫자 가운데 37을 선택한다. 또한 숫자가 많으므로 1을 제거한다. 따라서 선택된 15자의 숫자는 다음과 같다.

1) 17-11-7-16-21-09

2) 45-39-44-04-02-41

3) 45-39-44-41-33-36

4) 39-21-17-36-30-33

5) 21-09-17-30-16-11

6) 21-41-33-36-30-39

7) 09-11-02-04-16-07

8) 44-30-39-33-36-41

9) 17-21-30-11-33-16

10) 44-09-45-07-02-04

11) 45-02-07-41-04-44

12) 09-07-45-11-04-02

13) 17-36-33-30-16-21

14) 09-04-16-17-11-21

15) 36-45-02-44-39-41

※제13회 당첨번호는 22-23-25-37-38-42번이다. 위의 배합에서 5등 이상의 당첨번호는 보이지 않는다.

* 다른 유형의 배팅
이것은 〈배팅9〉를 변형시킨 내용이다. 먼저 6/45 도형으로 정비한 내용이다.

1	2	3	4	5	6	7
8	9	10	11	12	13	14
15	16	17	18	19	20	21
22	23	24	25	26	27	28
29	30	31	32	33	34	35
36	37	38	39	40	41	42
43	44	45				

보는 바와 같이 45개의 칸에 배팅이 된 것은 15칸이다. 이것을 가장 당첨 확률이 높다는 홀짝수 조합법을 사용하여 조합하면 다음과 같이 나타난다.

1) 04-01-07-45-44-02

2) 36-44-38-37-42-39

3) 07-30-16-36-21-25

4) 30-38-36-21-37-25

5) 39-37-30-38-25-16

6) 04-25-21-16-30-07

7) 37-25-21-16-30-07

8) 42-39-01-02-45-44

9) 02-21-16-07-25-04

10) 42-30-37-38-39-36

11) 16-01-07-04-21-02

12) 37-42-38-45-44-39

13) 01-44-45-42-04-02

14) 07-45-04-16-02-01

15) 42-45-38-01-39-44

※ 결과는 2)항 4)항 5)항 10항) 12)항이 5등 조합에 당첨되
었다.

〈배팅 10〉 다음은 甲이 제10회 차, 제11회 차, 제12회 차, 제13회 차를 참고로 하여 제14회 차의 로또에 배팅하려 한다. 다음의 수를 근거로 삼아 배팅하시오.(배팅할 때는 보너스 숫자는 제외시킨다)

제10회 : 09-25-30-33-41-44
제11회 : 01-07-36-37-41-42
제12회 : 02-11-21-25-39-45
제13회 : 22-23-25-37-38-40

(진행) 위의 숫자 배합에서 중복된 숫자를 제거하고 6/45 도형으로 나타내면 다음과 같다.

1	2	3	4	5	6	7
8	9	10	11	12	13	14
15	16	17	18	19	20	21
22	23	24	25	26	27	28
29	30	31	32	33	34	35
36	37	38	39	40	41	42
43	44	45				

숫자가 많으므로 먼저 중복된 숫자를 제거한다. 41, 25, 37, 42가 그것이다. 그리고 1을 제거한다. 2, 7, 9, 11, 21, 22, 23, 30, 33, 36, 38, 39, 41 44, 45 등이다. 당첨 가능한 홀짝수로 조

합하면 다음과 같다.

　1) 30-36-33-22-21-23
　2) 41-38-44-02-45-39
　3) 41-44-33-39-36-38
　4) 02-45-07-09-21-11
　5) 38-30-36-33-39-23
　6) 44-11-07-02-09-45
　7) 38-30-36-41-39-33
　8) 39-44-41-45-44-38
　9) 39-44-45-07-02-41
10) 09-22-07-11-02-41
11) 23-07-22-11-09-21
12) 33-22-30-38-23-36
13) 30-23-22-11-21-09
14) 21-22-30-33-23-11
15) 41-02-07-45-09-44

　※제14회의 당첨 숫자는 02-06-12-31-33-40번이다. 위의 조
합을 대비하여 당첨 가능한 것을 찾아보면 5등 이상의 당첨
숫자는 없다.

* 다른 유형의 배팅

이것은 〈배팅10〉을 변형시킨 내용이다. 먼저 6/45 도형으로 정비한 내용이다.

1	2	3	4	5	6	7
8	9	10	11	12	13	14
15	16	17	18	19	20	21
22	23	24	25	26	27	28
29	30	31	32	33	34	35
36	37	38	39	40	41	42
43	44	45				

보는 바와 같이 45개의 칸에 배팅이 된 것은 15칸이다. 이 것을 가장 당첨 확률이 높다는 홀짝수 조합법을 사용하면 다음과 같이 나타난다.

1) 42-33-44-36-39-37

2) 33-23-30-37-36-25

3) 36-44-39-01-42-37

4) 37-30-36-33-42-39

5) 02-42-07-01-09-44

6) 22-11-23-09-25-07

7) 30-09-23-11-25-22

8) 23-02-07-22-11-09

9) 01-11-02-09-44-07

10) 44-07-02-42-39-01

11) 30-39-36-33-37-25

12) 42-44-02-39-01-37

13) 33-25-11-30-22-23

14) 23-36-30-22-33-25

15) 07-22-09-01-02-11

※결과는 좋지 않다. 이런 유형은 근본적으로 배팅에 부적합한 모습이다.

〈배팅 11〉 다음은 甲이 제11회 차, 제12회 차, 제13회 차, 제14회 차를 참고로 하여 제15회 차의 로또에 배팅하려 한다. 다음의 수를 근거로 삼아 배팅하시오.(배팅할 때는 보너스 숫자는 제외시킨다)

제11회 : 01-07-36-37-41-42

제12회 : 02-11-21-25-39-45

제13회 : 22-23-25-37-38-40

제14회 : 02-06-12-31-33-40

(진행) 위의 배합에서 중복된 숫자는 25, 37, 42, 2이다. 여기에서 중복된 숫자와 1, 2, 6, 7을 제거한다. 이런 다음에

6/45 도형으로 나타내면 다음과 같다.

1	2	3	4	5	6	7
8	9	10	11	12	13	14
15	16	17	18	19	20	21
22	23	24	25	26	27	28
29	30	31	32	33	34	35
36	37	38	39	40	41	42
43	44	45				

당첨 가능한 조합은 다음과 같다.

1) 12-41-45-40-11-42

2) 12-11-23-22-45-42

3) 36-37-38-31-25-33

4) 33-39-40-36-37-38

5) 41-38-42-37-12-40

6) 11-42-22-45-12-41

7) 39-33-36-38-37-31

8) 22-23-33-36-25-31

9) 40-41-39-42-45-41

10) 41-36-39-37-38-40

11) 39-38-41-45-40-42

12) 23-31-33-12-22-25

13) 12-31-23-25-11-22

14) 11-12-23-22-25-45

15) 37-33-31-36-23-25

※제15회의 당첨번호는 03-04-16-30-31-37번이다. 위의 홀짝수의 조합들을 대입하여 검토한다. 5등 이상의 당첨조합은 보이지 않는다.

★ 다른 유형의 배팅

1	2	3	4	5	6	7
8	9	10	11	12	13	14
15	16	17	18	19	20	21
22	23	24	25	26	27	28
29	30	31	32	33	34	35
36	37	38	39	40	41	42
43	44	45				

이것은 〈배팅11〉을 변형시킨 내용이다. 먼저 6/45 도형으로 정비한 내용이다. 보는 바와 같이 45개의 칸에 배팅이 된 것은 15칸이다. 이것을 가장 당첨 확률이 높다는 홀짝수 조합법을 사용하여 조합하면 다음과 같이 나타난다.

1) 24-30-23-12-25-22

2) 12-22-11-42-39-04

3) 23-12-24-11-25-22

4) 38-33-31-37-39-36

5) 38-36-42-39-40-37

6) 31-24-33-25-30-23

7) 42-11-38-39-40-37

8) 11-42-12-40-38-39

9) 30-31-23-22-25-24

10) 30-36-33-25-24-31

11) 36-38-33-30-37-31

12) 39-40-37-33-36-38

13) 22-12-24-23-11-42

14) 30-37-33-31-36-25

15) 23-42-11-22-40-12

※결과는 11)항과 14)항이 5등에 당첨되었다.

〈배팅 12〉 다음은 甲이 제12회 차, 제13회 차, 제14회 차, 제15회 차를 참고로 하여 제16회 차의 로또에 배팅하려 한다. 다음의 수를 근거로 삼아 배팅하시오.(배팅할 때는 보너스 숫자는 제외시킨다)

제12회 : 02-11-21-25-39-45
제13회 : 22-23-25-37-38-40
제14회 : 02-06-12-31-33-40
제15회 : 03-04-16-30-31-37

(진행) 위의 숫자들을 6/45 도형을 나타내면 다음과 같다.

1	2	3	4	5	6	7
8	9	10	11	12	13	14
15	16	17	18	19	20	21
22	23	24	25	26	27	28
29	30	31	32	33	34	35
36	37	38	39	40	41	42
43	44	45				

중복된 숫자는 25, 2, 31, 37이다. 짝수 조합에서는 16이 나타나지 않으므로 제거한다. 또한 자주 나타나는 25, 37, 40, 42를 제거한다. 배팅이 가능한 숫자는, 2, 3, 4, 6, 11, 12, 21, 22, 23, 30, 31, 33, 38, 39, 45이다.

당첨 가능한 조합은 다음과 같다.

1) 21-03-04-06-12-11

2) 04-02-11-03-12-06

3) 39-04-45-06-03-02

4) 02-03-39-38-33-45

5) 38-23-30-31-22-33

6) 22-12-21-31-30-23

7) 30-39-38-33-31-23

8) 39-03-45-38-04-02

9) 06-23-21-22-11-12

10) 02-45-31-39-33-38

11) 30-22-21-23-33-38

12) 11-12-04-22-06-21

13) 11-02-45-04-06-03

14) 23-12-11-30-21-22

15) 38-45-31-39-30-33

※보는 바와 같이 45개의 칸에 배팅이 된 것은 15칸이다. 이것을 가장 당첨 확률이 높다는 홀짝수 조합법을 사용하여 조합하면 06-07-24-37-38-40과 같이 나타난다. 제16회의 당첨번호 이다. 위의 조합의 당첨결과를 확인하면, 5등 이상의 당첨 조합이 없다.

* 다른 유형의 배팅

이것은 〈배팅12〉를 변형시킨 내용이다. 먼저 6/45 도형으로 정비한 내용이다.

1	2	3	4	5	6	7
8	9	10	11	12	13	14
15	16	17	18	19	20	21
22	23	24	25	26	27	28
29	30	31	32	33	34	35
36	37	38	39	40	41	42
43	44	45				

보는 바와 같이 45개의 칸에 배팅이 된 것은 15칸이다. 이것을 가장 당첨 확률이 높다는 홀짝수 조합법을 사용하여 조합하면 다음과 같이 나타난다.

1) 23-06-24-04-25-16

2) 37-03-39-40-38-02

3) 37-31-38-30-33-25

4) 37-30-31-33-25-24

5) 33-30-24-31-25-23

6) 02-03-04-39-38-40

7) 40-06-39-03-04-02

8) 16-25-30-23-06-24

9) 40-37-38-39-33-31

10) 03-16-24-04-23-06

11) 38-37-33-02-40-39

12) 04-02-40-06-16-03

13) 16-30-24-25-23-24

14) 33-39-37-31-38-30

15) 03-23-16-04-02-06

※결과는 2)항 9)항 11)항이 5등의 조합에 당첨되었다.

〈배팅 13〉 다음은 甲이 제13회 차, 제14회 차, 제15회 차, 제16회 차를 참고로 하여 제17회 차의 로또에 배팅하려 한다. 다음의 수를 근거로 삼아 배팅하시오.(배팅할 때는 보너스 숫자는 제외시킨다)

제13회 : 22-23-25-37-38-40

제14회 : 02-06-12-31-33-40

제15회 : 03-04-16-30-31-37

제16회 : 06-07-24-37-38-40

(진행) 위의 숫자들을 6/45 도형으로 나타내면 다음과 같다.

1	2	3	4	5	6	7
8	9	10	11	12	13	14
15	16	17	18	19	20	21
22	23	24	25	26	27	28
29	30	31	32	33	34	35
36	37	38	39	40	41	42
43	44	45				

위의 숫자에서 중복한 것을 제거하면 31, 37, 6, 37, 38, 40번이다. 여기에서 최다 당첨 숫자인 25, 37, 40을 제거한다. 2, 3, 4, 6, 7, 12, 16, 22, 23, 24, 30, 31, 33, 38, 42로서 당첨 가능한 홀짝수 조합을 시도하면 다음과 같다.

1) 07-04-06-02-42-03

2) 24-12-30-16-22-23

3) 42-03-06-04-38-02

4) 42-38-31-30-02-33

5) 31-24-23-38-33-30

6) 02-38-3-33-31-42

7) 42-30-31-38-24-33

8) 31-22-30-33-23-24

9) 23-16-22-31-24-30
10) 04-16-07-12-22-06
11) 06-16-22-12-23-07
12) 02-03-38-04-42-33
13) 07-22-24-23-16-12
14) 04-06-03-12-16-07
15) 04-07-06-12-03-02

※보는 바와 같이 45개의 칸에 배팅이 된 것은 15칸이다. 이것을 가장 당첨 확률이 높다는 홀짝수 조합법을 사용하여 조합하면 03-04-09-17-32-37과 같이 나타난다. 제17회의 당첨숫자이다. 위의 조합의 당첨 결과를 확인한다. 위의 조합에서 5등 이상의 숫자 조합은 없다.

* 다른 유형의 배팅

이것은 〈배팅13〉를 변형시킨 내용이다. 먼저 6/45 도형으로 정비한 내용이다.

1	2	3	4	5	6	7
8	9	10	11	12	13	14
15	16	17	18	19	20	21
22	23	24	25	26	27	28
29	30	31	32	33	34	35
36	37	38	39	40	41	42
43	44	45				

보는 바와 같이 45개의 칸에 배팅이 된 것은 15칸이다. 이것을 가장 당첨 확률이 높다는 홀짝수 조합법을 사용하여 조합하면 다음과 같이 나타난다.

1) 22-24-33-30-23-31

2) 37-30-38-40-31-33

3) 42-03-02-38-40-37

4) 33-03-02-38-40-37

5) 31-33-30-37-23-24

6) 04-22-23-24-07-16

7) 42-16-04-02-07-03

8) 40-03-38-04-02-42

9) 23-31-30-16-24-22

10) 40-04-42-03-07-02

11) 33-42-37-46-02-38

12) 03-04-07-22-16-02

13) 16-03-07-23-04-22

14) 23-30-24-22-07-16

15) 37-42-33-31-40-38

※결과는 2개의 조합이 4개가 있을 뿐이다.

〈배팅 14〉 다음은 甲이 제14회 차, 제15회 차, 제16회 차, 제17회 차를 참고로 하여 제17회 차의 로또에 배팅하려 한다. 다음의 수를 근거로 삼아 배팅하시오.(배팅할 때는 보너스 숫자는 제외시킨다)

제14회 : 02-06-12-31-33-40

제15회 : 03-04-16-30-31-37

제16회 : 06-07-24-37-38-40

제17회 : 03-04-09-17-32-37

(진행) 위의 숫자를 6/45 모형으로 나타내면 다음과 같다

1	2	3	4	5	6	7
8	9	10	11	12	13	14
15	16	17	18	19	20	21
22	23	24	25	26	27	28
29	30	31	32	33	34	35
36	37	38	39	40	41	42
43	44	45				

먼저 중복된 숫자를 제거한다. 37, 38, 3, 4이다. 2, 3, 4, 9, 12, 16, 17, 30, 31, 32, 33, 37, 40으로 홀짝수 조합을 시도한다.

1) 17-16-04-06-12-09

2) 02-04-09-06-40-03

3) 06-12-16-03-09-04

4) 17-31-12-09-16-30

5) 40-31-37-38-33-32

6) 31-16-32-17-30-12

7) 33-32-17-31-37-30

8) 09-06-30-17-12-16

9) 30-38-31-37-32-33

10) 31-33-32-14-30-17

11) 02-04-12-09-03-06

12) 04-37-02-40-03-38

13) 33-37-38-32-02-40

14) 03-02-38-40-06-04

15) 37-38-40-33-03-02

※제18회의 당첨번호는 03-12-13-19-32-35번이다. 위의 조합의 당첨 결과를 확인한다. 5등 이상의 당첨 조합이 없다.

* 다른 유형의 배팅

이것은 〈배팅13〉을 변형시킨 내용이다. 먼저 6/45 도형으로 정비한 내용이다.

1	2	3	4	5	6	7
8	9	10	11	12	13	14
15	16	17	18	19	20	21
22	23	24	25	26	27	28
29	30	31	32	33	34	35
36	37	38	39	40	41	42
43	44	45				

보는 바와 같이 45개의 칸에 배팅이 된 것은 15칸이다. 이것을 가장 당첨 확률이 높다는 홀짝수 조합법을 사용하여 조합하면 다음과 같이 나타난다.

1) 16-17-31-12-32-30

2) 04-02-03-38-37-40

3) 37-33-02-40-38-35

4) 09-31-12-17-30-16

5) 37-35-30-31-33-32

6) 02-03-04-12-09-40

7) 38-09-40-04-03-02

8) 12-09-16-04-03-02

9) 38-35-37-33-31-32

10) 16-17-09-04-12-03

11) 31-32-16-33-30-17

12) 09-12-04-30-16-17

13) 17-32-31-35-30-33

14) 37-33-32-40-38-35

15) 35-38-40-02-03-37

※결과는 2개의 조합이 일곱 군데가 보인다. 이러한 유형
의 배팅은 근본적으로 무리가 따른 조합이었다.

제12장
대박이 터지는 공식

1. 우리나라에서 가장 인기 있는 조합

높은 배당률을 보장하는 배팅은 무엇보다 균형 있게 행운 번호를 선택해야 한다. 로또 게임에서 낮은 수라는 것은 1에서 22까지의 수이고, 높은 수는 23에서 45까지다. 그런데 문제는 너무 쉽게 로또 게임을 한다는 점이다. 이런 형태는 설령 당첨된다 해도 형편없는 배당금을 받게 된다. 그렇다면 한국인들이 가장 좋아하는 조합은 무엇일까? 그것은 다음과 같다.

배팅 1위

1	2	3	4	5	6	7
8	9	10	11	12	13	14
15	16	17	18	19	20	21
22	23	24	25	26	27	28
29	30	31	32	33	34	35
36	37	38	39	40	41	42
43	44	45				

위의 배팅은 제1회 차 추첨에서는 15,825명이 선택하였고, 제2차 추첨에서는 12,569명이 선택한 배팅이다. 다음은 제2위의 배팅이다.

배팅 2위

1	2	3	4	5	6	7
8	9	10	11	12	13	14
15	16	17	18	19	20	21
22	23	24	25	26	27	28
29	30	31	32	33	34	35
36	37	38	39	40	41	42
43	44	45				

위의 배팅은 제1회 차 추첨에서는 12,744명이 선택하였고, 제2차 추첨에서는 12,281명이 선택한 배팅이다. 다음은 제3위의 배팅이다.

배팅 3위

1	2	3	4	5	6	7
8	9	10	11	12	13	14
15	16	17	18	19	20	21
22	23	24	25	26	27	28
29	30	31	32	33	34	35
36	37	38	39	40	41	42
43	44	45				

위의 배팅은 제1회가 11,244명이 선택하였고, 제2차 추첨에서는 12,080명이 선택하였다.

2. 확률을 분석하면 대박이 보인다.

확률, 이것은 6/45 게임의 전부라고 할 수 있다. 여기에는 첫째 합의범위를 분석하는 방법이 있고, 둘째로는 하이 로우 분석, 셋째는 홀짝수 분석, 넷째는 나온 숫자의 분석, 다섯째 는 끝자리 수의 분석, 여섯째는 수의 범위 분석이다.

합의 범위 분석

합의 범위	당첨 횟수	백분율
119이하	4	21.05%
120~180 사이	10	52.63%
181이상	5	26.32%
계	19	100%

하이 로우 분석(로우는 1~22, 하이는 23~45)

조 합		나온 횟수	확률
하이	로우	나온 횟수	확률
0	6	0	0%
1	5	6	31.58%
2	4	5	26.32%
3	3	5	26.32%
4	2	3	15.79%
5	1	0	0%
6	0	0	0%
계		19	100%

끝자리 수 분석

끝자리 수	0	1	2	3	4	5	6	7	8	9
나온 횟수	13	13	16	11	9	9	12	14	4	13

홀짝수 분석

조합		나온 횟수	확률
홀수	짝수	나온 횟수	확률
0	6	0	0%
1	5	0	0%
2	4	8	42.11%
3	3	2	10.53%
4	2	7	36.84%
5	1	2	10.53%
6	0	0	0%
계		19	100%

로또 6/45 숫자 빈도

숫자	횟수	숫자	횟수	숫자	횟수	숫자	횟수	숫자	횟수	숫자	횟수	숫자	횟수
1	1	2	4	3	3	4	3	5	0	6	3	7	2
8	1	9	4	10	1	11	2	12	2	13	2	14	2
15	1	16	5	17	2	18	0	19	3	20	0	21	3
22	1	23	2	24	2	25	6	26	2	27	3	28	0
29	2	30	4	31	4	32	3	33	3	34	1	35	1
36	2	37	7	38	3	39	4	40	8	41	3	42	6
43	1	44	1	45	1								

수의 범위 분석

〈범위간격 7〉

수 범위	1~7	8~14	15~21	22~28	29~35	36~42	43~45
횟수	16	14	14	16	18	33	3

〈범위간격 10〉

수 범위	1~10	11~20	21~30	31~40	41~45
횟수	22	19	25	36	12

3. 공간을 제거하라

공간을 어떻게 제거할 것인가?

이것 역시 6/45 게임에서는 중요과제다.

로또 6/45 게임에서 공간을 제거하는 것은 아주 고차원적인 판단력이 요구된다. 이것은 앞에서 설명한 바 있는 여러 가지의 문제점들을 살펴본 후에 판단을 하기 때문이다. 본론으로 들어가기로 한다.

1회 차의 당첨번호는 〈10-23-29-33-37-40〉이다. 여기에서 보너스 숫자 16은 계산하지 않는다.

1) 제1회 차 배팅

	가	나	다	라	마	바	사
A	1	2	3	4	5	6	7
B	8	9	10	11	12	13	14
C	15	16	17	18	19	20	21
D	22	23	24	25	26	27	28
E	29	30	31	32	33	34	35
F	36	37	38	39	40	41	42
G	43	44	45				

※배팅이 안 된 곳은 가로줄의 A, G이고 세로는 라, 바, 사이다. 제2회 차의 당첨번호는 〈09-13-21-25-32-42〉이다. 배팅이 안 된 부분은 다음과 같다.

2) 제2회 차 배팅

	가	나	다	라	마	바	사
A	1	2	3	4	5	6	7
B	8	9	10	11	12	13	14
C	15	16	17	18	19	20	21
D	22	23	24	25	26	27	28
E	29	30	31	32	33	34	35
F	36	37	38	39	40	41	42
G	43	44	45				

※배팅이 안 된 곳은 가로줄의 A, G, 세로는 가, 다, 마이다. 제3회 차의 당첨번호는 〈11-16-19-21-27-31〉이다. 그것을 6/45 도형으로 나타내면 배팅이 안 된 부분은 다음과 같다.

3) 제3회 차 배팅

	가	나	다	라	마	바	사
A	1	2	3	4	5	6	7
B	8	9	10	11	12	13	14
C	15	16	17	18	19	20	21
D	22	23	24	25	26	27	28
E	29	30	31	32	33	34	35
F	36	37	38	39	40	41	42
G	43	44	45				

※배팅이 안 된 곳은 가로줄의 A, F, G 세로는 가이다. 제4회 차 당첨번호는 〈14-27-30-31-40-42〉이다. 그것을 6/45 도형으로 나타내면 배팅이 안 된 부분은 다음과 같다.

4) 제4회 차 배팅

	가	나	다	라	마	바	사
A	1	2	3	4	5	6	7
B	8	9	10	11	12	13	14
C	15	16	17	18	19	20	21
D	22	23	24	25	26	27	28
E	29	30	31	32	33	34	35
F	36	37	38	39	40	41	42
G	43	44	45				

※배팅이 안 된 곳은 가로줄의 A, C, G, 세로는 가, 라이다. 제5회 차의 당첨번호는 〈16-24-29-40-41-42〉이다. 이것을 참조하여 도형으로 나타내면 다음과 같다.

5) 제5회 차 배팅

	가	나	다	라	마	바	사
A	1	2	3	4	5	6	7
B	8	9	10	11	12	13	14
C	15	16	17	18	19	20	21
D	22	23	24	25	26	27	28
E	29	30	31	32	33	34	35
F	36	37	38	39	40	41	42
G	43	44	45				

※배팅이 안 된 곳은 가로줄의 A, B, G, 세로는 라이다. 제 6회 차 당첨번호는 〈14-15-26-27-40-42〉이다. 그것을 6/5 도형 으로 나타내면 배팅이 안 된 부분은 다음과 같다.

6) 제6회 차 배팅

	가	나	다	라	마	바	사
A	1	2	3	4	5	6	7
B	8	9	10	11	12	13	14
C	15	16	17	18	19	20	21
D	22	23	24	25	26	27	28
E	29	30	31	32	33	34	35
F	36	37	38	39	40	41	42
G	43	44	45				

　※배팅이 안 된 곳은 가로줄의 A, B, G, 세로는 다, 라이다. 제7회 차의 당첨번호는 〈02-09-16-25-26-40〉이다. 이것을 6/45 도형으로 나타내면 배팅이 안 된 부분은 다음과 같다.

7) 제7회 차 배팅

	가	나	다	라	마	바	사
A	1	2	3	4	5	6	7
B	8	9	10	11	12	13	14
C	15	16	17	18	19	20	21
D	22	23	24	25	26	27	28
E	29	30	31	32	33	34	35
F	36	37	38	39	40	41	42
G	43	44	45				

※배팅이 안 된 곳은 가로줄의 E, G, 세로는 가, 다, 바, 사이다. 제8회 차의 당첨번호는 〈08-19-25-34-37-39〉이다. 이것을 6/45 도형으로 나타내면 배팅이 안 된 부분은 다음과 같다.

8) 제8회 차 배팅

	가	나	다	라	마	바	사
A	1	2	3	4	5	6	7
B	8	9	10	11	12	13	14
C	15	16	17	18	19	20	21
D	22	23	24	25	26	27	28
E	29	30	31	32	33	34	35
F	36	37	38	39	40	41	42
G	43	44	45				

※배팅이 안 된 곳은 가로줄의 A, G, 세로줄의 다, 사이다. 제9회 차 당첨번호는 〈02-04-16-17-36-39〉이다. 이것을 6/45 도형으로 나타내면 배팅이 안 된 부분은 다음과 같다.

9) 제9회 차 배팅

	가	나	다	라	마	바	사
A	1	2	3	4	5	6	7
B	8	9	10	11	12	13	14
C	15	16	17	18	19	20	21
D	22	23	24	25	26	27	28
E	29	30	31	32	33	34	35
F	36	37	38	39	40	41	42
G	43	44	45				

※배팅이 안 된 곳은 가로줄의 B, D, E, G, 세로줄의 마, 바, 사이다. 제10회의 당첨번호는 〈09-25-30-33-41-44〉이다. 이것을 6/45 도형으로 나타내면 배팅이 안 된 부분은 다음과 같다.

10) 제10회 차 배팅

	가	나	다	라	마	바	사
A	1	2	3	4	5	6	7
B	8	9	10	11	12	13	14
C	15	16	17	18	19	20	21
D	22	23	24	25	26	27	28
E	29	30	31	32	33	34	35
F	36	37	38	39	40	41	42
G	43	44	45				

　※배팅이 안 된 곳은 가로줄의 A, C, 세로줄의 가, 다, 사이다. 제11회의 당첨번호는 〈01-07-36-37-41-42〉이다. 이것을 6/45 도형으로 나타내면 배팅이 안 된 부분은 다음과 같다.

11) 제11회 차 배팅

	가	나	다	라	마	바	사
A	1	2	3	4	5	6	7
B	8	9	10	11	12	13	14
C	15	16	17	18	19	20	21
D	22	23	24	25	26	27	28
E	29	30	31	32	33	34	35
F	36	37	38	39	40	41	42
G	43	44	45				

※배팅이 안 된 곳은 가로줄의 B, C, D, G, 세로줄의 다, 라, 마이다. 제12회의 당첨번호는 〈02-11-21-25-39-45〉이다. 이 것을 6/45 도형으로 나타내면 배팅이 안 된 부분은 다음과 같다.

12) 제12회 차 배팅

	가	나	다	라	마	바	사
A	1	2	3	4	5	6	7
B	8	9	10	11	12	13	14
C	15	16	17	18	19	20	21
D	22	23	24	25	26	27	28
E	29	30	31	32	33	34	35
F	36	37	38	39	40	41	42
G	43	44	45				

※배팅이 안 된 곳은 가로줄은 없으며, 세로로 가, 마, 바이 다. 제13회의 당첨번호는 〈22-23-25-37-38-42〉이다. 이것을 6/45 도형으로 나타내면 배팅이 안 된 부분은 다음과 같다.

13) 제13회 차 배팅

	가	나	다	라	마	바	사
A	1	2	3	4	5	6	7
B	8	9	10	11	12	13	14
C	15	16	17	18	19	20	21
D	22	23	24	25	26	27	28
E	29	30	31	32	33	34	35
F	36	37	38	39	40	41	42
G	43	44	45				

※배팅이 안 된 곳은 가로줄에서는 A, B, C, G이며 세로줄에서는 마, 바이다. 제14회 당첨번호는 〈2-6-12-31-33-40〉이다. 이것을 6/45 도형으로 나타내면 배팅이 안 된 부분은 다음과 같이 나타낼 수 있다.

14) 제14회 차 배팅

	가	나	다	라	마	바	사
A	1	2	3	4	5	6	7
B	8	9	10	11	12	13	14
C	15	16	17	18	19	20	21
D	22	23	24	25	26	27	28
E	29	30	31	32	33	34	35
F	36	37	38	39	40	41	42
G	43	44	45				

　※배팅이 안 된 곳은 가로줄에서는 C, D, G, 세로줄에서는 가, 라, 사이다. 제15회 당첨번호는 〈3-4-16-30-31-37〉이다. 이것을 6/45 도형으로 나타내면 배팅이 안 된 부분은 다음과 같이 나타낼 수 있다.

	가	나	다	라	마	바	사
A	1	2	3	4	5	6	7
B	8	9	10	11	12	13	14
C	15	16	17	18	19	20	21
D	22	23	24	25	26	27	28
E	29	30	31	32	33	34	35
F	36	37	38	39	40	41	42
G	43	44	45				

※배팅이 안 된 곳은 가로줄은 B, G, 세로줄은 가, 마, 바, 사이다. 제16회 차 당첨번호는 〈06-07-24-37-38-40〉이다. 이것을 6/45 도형으로 나타내면 배팅이 안 된 부분은 다음과 같이 나타낼 수가 있다.

16) 제16회 차 배팅

	가	나	다	라	마	바	사
A	1	2	3	4	5	6	7
B	8	9	10	11	12	13	14
C	15	16	17	18	19	20	21
D	22	23	24	25	26	27	28
E	29	30	31	32	33	34	35
F	36	37	38	39	40	41	42
G	43	44	45				

※배팅이 안 된 부분은 가로줄은 B, C, G, 세로줄은 가, 라 이다. 제17회 차 당첨번호는 〈03-04-09-17-32-37〉이다.

　이것을 6/45 도형으로 나타내면 배팅이 안 된 부분은 다음 과 같다.

17) 제17회 차 배팅

	가	나	다	라	마	바	사
A	1	2	3	4	5	6	7
B	8	9	10	11	12	13	14
C	15	16	17	18	19	20	21
D	22	23	24	25	26	27	28
E	29	30	31	32	33	34	35
F	36	37	38	39	40	41	42
G	43	44	45				

　※배팅이 안 된 부분은 가로줄은 G, 세로줄은 가, 마, 바, 사이다. 제18회 차 당첨번호는 〈03-12-13-19-32-35〉이다. 이것 을 6/45 도형으로 나타내면 배팅이 안 된 부분은 다음과 같이 나타낼 수가 있다.

18) 제18회 차 배팅

	가	나	다	라	마	바	사
A	1	2	3	4	5	6	7
B	8	9	10	11	12	13	14
C	15	16	17	18	19	20	21
D	22	23	24	25	26	27	28
E	29	30	31	32	33	34	35
F	36	37	38	39	40	41	42
G	43	44	45				

※배팅이 안 된 부분은 가로줄은 F, G 세로줄은 가, 나이
다. 제19회 차 당첨번호는 〈06-30-38-39-40-43〉이다. 이것을
6/45 도형으로 나타내면 다음과 같다.

19) 제19회 차 배팅

	가	나	다	라	마	바	사
A	1	2	3	4	5	6	7
B	8	9	10	11	12	13	14
C	15	16	17	18	19	20	21
D	22	23	24	25	26	27	28
E	29	30	31	32	33	34	35
F	36	37	38	39	40	41	42
G	43	44	45				

※배팅이 안 된 부분은 가로줄은 B, C, D, 세로줄은 사이
다. 위의 그림이 6/45 도형이다. 이 도형을 분석하면 제20회
차 배팅의 중요자료가 된다.

4. 공백 메우기

공백 메우기란, 이미 나와 있는 결과를 놓고 분석해가는 방법이다. 이것은 회 차 별로 분석하여 전체를 파악하는 것이 요긴하다. 즉, 전회 차나 전전 회 차에서 나온 숫자들을 제거할 때에 필요한 자료다. 제1회 차에서 제19회 차까지 나타난 공백에 대한 값을 구하면 다음과 같다.

가로줄의 값

구 분	내 용
A	9
B	8
C	7
D	4
E	2
F	2
G	16

1) 홀수 회 차의 값

구 분	내 용
A	4
B	6
C	3
D	3
E	2
F	1
G	9

2) 짝수 회 차의 값

구 분	내 용
A	5
B	2
C	4
D	1
E	0
F	1
G	7

세로줄의 값

구 분	내 용
가	11
나	0
다	6
라	7
마	7
바	7
사	8

1) 홀수 회 차의 값

구 분	내 용
가	4
나	0
다	1
라	3
마	5
바	5
사	6

2) 짝수 회 차의 값

구 분	내 용
가	7
나	1
다	4
라	4
마	3
바	2
사	3

5. 당첨 가능성을 높이는 방법

당첨 가능성을 높이는 방법에는 어떤 것이 있을까? 여기에는 몇 가지를 생각해 볼 수 있다. 첫째, 최근의 로또 복권 추첨에서 자주 나타나는 특정 번호를 살피는 방법 둘째, 최근의 당첨 번호를 조합하는 법 셋째, 적당한 간격으로 선택하는 법 넷째 반복되는 두 쌍의 번호를 선택하는 법 다섯째, 반복되는 세 쌍의 번호를 선택하는 법 등이다.

1) 반복되는 두 쌍의 번호

〈제4회 차〉

1	2	3	4	5	6	7
8	9	10	11	12	13	14
15	16	17	18	19	20	21
22	23	24	25	26	27	28
29	30	31	32	33	34	35
36	37	38	39	40	41	42
43	44	45				

〈제6회 차〉

1	2	3	4	5	6	7
8	9	10	11	12	13	14
15	16	17	18	19	20	21
22	23	24	25	26	27	28
29	30	31	32	33	34	35
36	37	38	39	40	41	42
43	44	45				

〈제7회 차〉

1	2	3	4	5	6	7
8	9	10	11	12	13	14
15	16	17	18	19	20	21
22	23	24	25	26	27	28
29	30	31	32	33	34	35
36	37	38	39	40	41	42
43	44	45				

〈제9회 차〉

1	2	3	4	5	6	7
8	9	10	11	12	13	14
15	16	17	18	19	20	21
22	23	24	25	26	27	28
29	30	31	32	33	34	35
36	37	38	39	40	41	42
43	44	45				

〈제11회 차〉

1	2	3	4	5	6	7
8	9	10	11	12	13	14
15	16	17	18	19	20	21
22	23	24	25	26	27	28
29	30	31	32	33	34	35
36	37	38	39	40	41	42
43	44	45				

〈제13회 차〉

1	2	3	4	5	6	7
8	9	10	11	12	13	14
15	16	17	18	19	20	21
22	23	24	25	26	27	28
29	30	31	32	33	34	35
36	37	38	39	40	41	42
43	44	45				

〈제15회 차〉

1	2	3	4	5	6	7
8	9	10	11	12	13	14
15	16	17	18	19	20	21
22	23	24	25	26	27	28
29	30	31	32	33	34	35
36	37	38	39	40	41	42
43	44	45				

〈제16회 차〉

1	2	3	4	5	6	7
8	9	10	11	12	13	14
15	16	17	18	19	20	21
22	23	24	25	26	27	28
29	30	31	32	33	34	35
36	37	38	39	40	41	42
43	44	45				

〈제17회 차〉

1	2	3	4	5	6	7
8	9	10	11	12	13	14
15	16	17	18	19	20	21
22	23	24	25	26	27	28
29	30	31	32	33	34	35
36	37	38	39	40	41	42
43	44	45				

〈제18회 차〉

1	2	3	4	5	6	7
8	9	10	11	12	13	14
15	16	17	18	19	20	21
22	23	24	25	26	27	28
29	30	31	32	33	34	35
36	37	38	39	40	41	42
43	44	45				

2) 반복되는 세 쌍의 번호

〈제5회 차〉

1	2	3	4	5	6	7
8	9	10	11	12	13	14
15	16	17	18	19	20	21
22	23	24	25	26	27	28
29	30	31	32	33	34	35
36	37	38	39	40	41	42
43	44	45				

〈제19회 차〉

1	2	3	4	5	6	7
8	9	10	11	12	13	14
15	16	17	18	19	20	21
22	23	24	25	26	27	28
29	30	31	32	33	34	35
36	37	38	39	40	41	42
43	44	45				

6. 실전에서의 배팅 사례

제19회 차의 배팅에서 甲, 乙, 丙 세 사람이 각자가 연구해 온 방법에 의하여 배팅했다. 그들은 똑같이 3만원으로 배팅했다. 19회 차의 당첨번호는 〈06-30-38-39-40-43+26〉이다.

〈甲의 배팅〉

甲은 15분법을 사용하여 15개의 숫자를 고른 후 인터넷 생성기에 숫자를 집어넣어 15개의 게임에 배팅했다.

  1) 33-37-31-40-38-39 / 5등
  2) 09-18-26-10-17-25
  3) 25-18-17-06-09-10
  4) 39-06-37-38-40-43 / 3등
  5) 18-09-10-17-06043
  6) 33-18-26-30-25-31
  7) 37-38-31-30-26-33 / 5등
  8) 26-30-33-25-37-31
  9) 25-26-30-31-18-17
  10) 33-43-37-40-38-39 / 4등

11) 40-38-09-43-06-39 / 3등

12) 25-18-17-26-30-10

13) 30-31-37-33-39-38 / 5등

14) 10-43-17-40-09-06 / 5등

15) 40-10-06-43-09-39 / 4등

〈乙의 배팅〉

乙도 15분법을 사용하여 15개의 숫자를 고른 후 인터넷 생성기에 넣어 15게임에 배팅했다.

1) 26-37-30-31-25-36

2) 31-38-39-37-30-36

3) 37-39-40-43-38-31 / 4등

4) 44-17-26-18-25-06

5) 44-06-40-17-43-41 / 5등

6) 26-17-25-30-06-18

7) 39-44-43-40-41-38 / 4등

8) 36-40-38-39-37-32 / 5등

9) 41-06-17-44-18-43

10) 06-43-25-18-44-17

11) 44-40-43-41-06-39 / 4등

12) 31-25-30-26-18-17

13) 31-36-30-38-26-37

14) 31-36-30-25-18-26

15) 38-40-37-36-41-39 / 5등

〈丙의 배팅〉

丙은 12개의 숫자를 골라 생성기에 집어넣었다. 이렇게 하여 나온 숫자 35개 중에서 15개를 골랐다.

1) 45-10-16-26-31-38

2) 06-30-38-10-45-09 / 5등

3) 09-15-25-30-31-38

4) 37-45-10-16-26-31

5) 09-15-25-30-31-38

6) 25-45-10-16-26-31

7) 06-30-37-45-16-26

8) 30-10-16-26-31-38

9) 06-09-15-30-37-31

10) 15-30-45-16-31-38

11) 09-15-30-16-26-38

12) 06-15-30-45-10-38 / 5등

13) 09-25-37-45-10-26

14) 09-15-37-45-16-38

15) 30-37-45-10-16-26

이렇듯 배팅은 약간의 차이인데도 그 결과는 현저하게 벌어져 있음을 알 수 있다. 내실 있는 배팅을 위해서는 좀 더 과학적이며 실증적인 방법을 과학적으로 검토해야 할 것이다. 한 가지 덧붙일 것은 로또 6/45 게임은 반드시 1등을 겨냥하여 게임을 하는 것은 무리라는 것이다. 가볍게 레저로 활용할 수 있는 금액을 투자하여 행운의 숫자 4개 정도를 맞춘다는 식으로 배팅한다면 보다 나은 결과를 얻을 수 있을 것이다.

제13장
13%의 마술,
로또 6/45 2011년의 로또게임

스텝 1. 재미로 보는 행운의 숫자

1. 쥐띠(子)
07-15-29-32-37-41

2. 소띠(丑)
03-11-24-28-30-38

3. 범띠(寅)
05-13-16-22-35-40

4. 토끼띠(卯)
04-12-20-25-36-38

5. 용띠(辰)
01-14-26-29-33-42

6. 뱀띠(巳)
06-18-24-31-37-45

7. 말띠(午)

08-16-21-30-34-43

8. 양띠(未)

10-17-23-28-39-42

9. 원숭이띠(申)

07-19-25-31-37-39

10. 닭띠(酉)

02-18-22-27-35-44

11. 개띠(戌)

10-15-20-24-33-36

12. 07-09-13-26-34-35

스텝 2. 추첨 월일로 첫 번째 수 번호 고르기

　로또 6/45 게임을 하다보면 눈에 띄는 법칙들이 하나씩 나타난다. 그것들을 굳이 법칙이라고 말할 수는 없을지 모르지만, 게임 초보자들에겐 적은 금액을 투자해 당첨 효과를 높일 수 있으므로 익혀 두면 크게 쓰임새가 있다. 당일의 로또 복권 추첨을 하는 월과 일의 숫자에, +0+1+2+3, -0-1-2-3을 해준 번호가 로또 복권 당 회 차에 들어맞는다.(단 몇 회 차만이 적중되지 않았다. 87% 이상의 적중률)

　1. 2011. 01. 01. (422회 차)
　수식 ; 01+01=02
　내용 ; 42-43-44-02-03-04-05
　숫자 ; 08-15-19-21-34-44
　결과 ; 적중

　2. 2011. 01. 08. (423회 차)
　수식 ; 01+08
　내용 ; 06-07-08-09-10-11-12
　번호 ; 01-17-27-28-29-40
　결과 ; 없음

3. 2011. 01. 15. (424회 차)

수식 ; 01+15+16

내용 ; 13-14-15-16-17-18-19-20

번호 ; 10-11-26-31-34-44

결과 ; 없음

4. 2011. 01. 22. (425회 차)

수식 ; 01+22=23

내용 ; 19-20-21-22-23-24-25-26-27

번호 ; 08-10-14-27-33-38

결과 ; 27 적중

5. 2011. 01. 29. (426회 차)

수식 ; 01+29=30

내용 ; 26-27-28-29-30-31-32-33-34

번호 ; 03-23-28-34-39-42

결과 ; 28, 34 적중

6. 2011. 02. 05. (427회 차)

수식 ; 02+05=07

내용 ; 03-04-05-06-07-08-09-10

번호 ; 06-07-15-24-28-30

결과 ; 07 적중

7. 2011. 02. 12. (428회 차)

수식 ; 02+12-13

내용 ; 09-10-11-12-13-14-15-16-17

번호 ; 12-16-19-22-37-40

결과 ; 12, 16 적중

8. 2011. 02. 19. (429회 차)

수식 ; 02+19=21

내용 ; 17-18-19-20-21-22-23-24

번호 ; 03-23-28-34-39-42

결과 ; 23 적중

9. 2011. 02. 26. (430회 차)

수식 ; 02+26=28

내용 ; 24-25-26-27-28-29-30-31

번호 ; 01-03-16-18-30-34

결과 ; 30 적중

10. 2011. 03. 05. (431회 차)

수식 ; 03+05=08

내용 ; 04-05-06-07-08-09-10

번호 ; 18-22-25-31-38-45

결과 ; 없음

11. 2011. 03. 12. (432회 차)

수식 ; 03+12=15

내용 ; 11-12-13-14-15-16-17-18

번호 ; 02-03-05-11-27-39

결과 ; 11 적중

12. 2011. 03. 19. (433회 차)

수식 ; 03+19=22

내용 ; 18-19-20-21-22-23-24-25

번호 ; 19-23-29-33-35-43

결과 ; 23 적중

13. 2011. 03. 26. (434회 차)

수식 ; 03+26=29

내용 ; 25-26-27-28-29-30-31-32-33

번호 ; 03-13-20-24-33-37

결과 ; 33 적중

14. 2011. 04. 02. (435회 차)

수식 ; 04+02=06

내용 ; 02-03-04-05-06-07-08-09

번호 ; 08-16-26-30-38-45

결과 ; 8 적중

15. 2011. 04. 09. (436회 차)

수식 ; 04+09=13

내용 ; 10-11-12-13-14-15-16

번호 ; 09-14-20-22-33-34

결과 ; 14 적중

16. 2011. 04. 16. (437회 차)

수식 ; 04+16=20

내용 ; 16-17-18-19-20-21-22-23-24

번호 ; 11-16-29-28-41-44

결과 ; 16 적중

17. 2011. 04. 23. (438회 차)

수식 ; 04+23=27

내용 ; 23-24-25-26-27-28-29-30-31

번호 ; 06-12-20-26-29-38

결과 ; 26 적중

18. 2011. 04. 30. (439회 차)

수식 ; 04+30+=34

내용 ; 30-31-32-33-34-35-36

번호 ; 17-20-30-31-37-40

결과 ; 30, 31 적중

19. 2011. 05. 07. (440회 차)

수식 ; 05+07=12

내용 ; 09-10-11-12-13-14-15

번호 ; 10-22-28-34-36-44

결과 ; 10 적중

20. 2011. 05. 14. (441회 차)

수식 ; 05+14=19

내용 ; 16-17-18-19-20-21-22-23

번호 ; 01-23-28-30-34-44

결과 ; 23 적중

21. 2011. 05. 21. (442회 차)

수식 ; 05+21=26

내용 ; 23-24-25-26-27-28-29

번호 ; 25-27-29-36-38-40

결과 ; 25, 27, 29 적중

22. 2011. 05. 28. (443회 차)

수식 ; 05+28=33

내용 ; 30-31-32-33-34-35-36

번호 ; 04-06-10-19-20-44

결과 ; 없음

23. 2011. 06. 04. (444회 차)

수식 ; 06+04=10

내용 ; 07-08-09-10-11-12-13

번호 ; 11-13-23-35-43-45

결과 ; 11, 13 적중

24. 2011. 06. 11. (445회 차)

수식 ; 06+11=17

내용 ; 14-15-16-17-18-19-20

번호 ; 13-20-21-30-39-45

결과 ; 20 적중

25. 2011. 06. 18. (446회 차)

수식 ; 06+18=24

내용 ; 21-22-23-24-25-26-27-

번호 ; 01-11-12-14-26-35

결과 ; 26 적중

26. 2011. 06. 25. (447회 차)

수식 ; 06+25=31

내용 ; 22-23-24-25-26-27-28

번호 ; 02-07-08-09-17-33

결과 ; 없음

27. 2011. 07. 02. (448회 차)

수식 ; 07+02=09

내용 ; 06-07-08-09-10-11-12

번호 ; 03-07-13-27-40-44

결과 ; 7 적중

28. 2011. 07. 09. (449회 차)

수식 ; 07+09=16

내용 ; 13-14-15-16-17-18-19

번호 ; 02-10-20-26-35-43

결과 ; 없음

29. 2011. 07. 16. (450회 차)

수식 ; 07+16=23

내용 ; 20-21-22-23-24-25-26

번호 ; 06-14-19-21-23-31

결과 ; 23 적중

30. 2011. 07. 23. (451회 차)

수식 ; 07+23=30

내용 ; 27-28-29-30-31-32-33

번호 ; 12-15-20-24-30-38

결과 ; 30 적중

스텝 3. 당회 차 빼기 3을 한 회 차의 첫 번째 수 더하기 8은 안 나옴

1. 422회 차(2011. 1.1) 당첨분석이다.

스텝3의 기준에 따라 정리하면 다음과 같다.

수식 ; 422-03=419회 차. 이회 차

(02-11-13-14-28-30)의 첫 번째 수(02)+08=10이다. 이 숫자는 안 나온다.

내용 ; 08-15-19-21-34-44(422회 차 당첨번호)

결과 ;적중

2. 423회 차(2011. 1.8) 당첨분석이다. 스텝3의 기준에 따라 정리하면 다음과 같다.

수식 ; 423-03=420회 차. 이회 차

(04-09-10-29-31-34)의 첫 번째 수(04)+08=12이다. 이 숫자는 안 나온다.

내용 ; 01-17-27-28-29-40(423회 차 당첨번호)

결과 ; 적중

9. 430회 차(2011. 02. 26) 당첨분석이다. 스텝3의 기준에 따라 정리하면 다음과 같다.

수식 ; 430-03=427회 차. 이회 차

(06-07-15-24-28-30)의 첫 번째 수(06)+08=14이다. 이 숫자는 안 나온다.

내용 ; 01-03-16-18-30-34(430회 차 당첨번호)

결과 ; 적중

10. 431회 차(2011. 03. 05) 당첨분석이다. 스텝3의 기준에 따라 정리하면 다음과 같다.

수식 ; 431-03=428회 차. 이회 차

(12-16-19-22-37-40)의 첫 번째 수(12)+08=20이다. 이 숫자는 안 나온다.

내용 ; 18-22-25-32-38-45(431회 차 당첨번호)

결과 ; 적중

스텝4. 전회 차의 마지막 수 빼기 첫 숫자는 안 나온다.

1. 432회 차 추첨(2011. 03. 12)

수식 ; 431회 차는 18-22-25-32-38-45이다. 마지막 수인 45에서 첫 숫자인 18을 빼면 27이다.

내용 ; 02-03-05-11-27-39(432회 차 당첨번호)

결과 ; 적중

2. 433회 차 추첨(2011. 03. 19)

수식 ; 432회 차는 02-03-05-11-27-39이다. 마지막 수인 39에서 첫 숫자인 02를 빼면 37이다.

내용 ; 19-23-29-33-35-43(433회 차 당첨번호)

결과 ; 적중

3. 434회 차 추첨(2011. 03. 26)

수식 ; 433회 차는 19-23-29-33-35-43이다. 마지막 수인 43에서 첫 숫자인 19를 빼면 24이다.

내용 ; 03-13-20-24-33-37(434회 차 당첨번호)

결과 ; 없음

4. 435회 차 추첨(2011. 04. 02)

수식 ; 434회 차는 03-13-20-24-33-37이다. 마지막 수인 37에서 첫 숫자인 03을 빼면 34이다.

내용 ; 08-16-26-30-38-45(435회 차 당첨번호)

결과 ; 적중

5. 436회 차 추첨(2011. 04. 09)

수식 ; 435회 차는 08-16-26-30-38-45이다. 마지막 수인 45에서 첫 숫자인 08을 빼면 37이다.

내용 ; 09-14-20-22-33-34(436회 차 당첨번호)

결과 ; 적중

6. 437회 차 추첨(2011. 04. 16)

수식 ; 436회 차는 09-14-20-22-33-34이다. 마지막 숫자는 34로 첫 번째 숫자 09를 빼면 25이다.

내용 ; 11-16-29-38-41-44(437회 차 당첨번호)

결과 ; 적중

7. 438회 차 추첨(2011. 04. 23)

수식 ; 437회 차는 11-16-29-38-41-44이다. 마지막 숫자인 44에서 첫 번째 숫자 11을 빼면 33이다.

내용 ; 06-12-20-26-29-38(438회 차 당첨번호)

결과 ; 적중

8. 439회 차 추첨(2011. 04. 30)

수식 ; 438회 차는 06-12-20-26-29-38이 당첨숫자다. 마지막 숫자는 38이고 첫 번째 숫자는 06이다. 첫 번째 숫자를 빼면 32이다.

내용 ; 17-20-30-31-37-40(439회 차 당첨번호)

결과 ; 적중

9. 440회 차 추첨(2011. 05. 07)

수식 ; 439회 차는 17-20-30-31-37-40이다. 마지막 숫자는 40이고 첫 번째 숫자는 17이다. 첫 번째 숫자 17을 빼면 23이다.

내용 ; 10-20-28-34-36-44(440회 차 당첨번호)

결과 ; 적중

10. 441회 차 추첨(2011. 05. 14)

수식 ; 440회 차는 당첨번호가 10-20-28-34-36-44이다. 마지막 숫자는 44이고, 여기에서 첫 번째 숫자 10을 빼면 34이다.

내용 ; 01-23-28-30-34-35(441회 차 당첨번호)

결과 ; 없음

스텝5. 전회 차의 두 번째 수 더하기 4는 안 나온다.

1. 442회 차 추첨(2011. 05. 21)

수식 ; 전 회 차는 441회 차다.

이 회 차의 당첨숫자는 01-23-28-30-34-35이다. 이 숫자에서 2번째 수인 23에서 04를 더한 27은 안 나온다.

내용 ; 25-27-29-36-38-40(442회 차 당첨숫자)

결과 ; 적중

2. 443회 차 추첨(2011. 05, 28)

수식 ; 전 회 차는 442회 차다.

이 회 차의 당첨 숫자는 25-27-29-36-38-40이다. 이 숫자에서 2번째 수인 27에서 04를 더한 31은 안 나온다.

내용 ; 04-06-10-19-20-44(443회 차 당첨숫자)

결과 ; 적중

3. 444회 차 추첨(2011. 06.4)

수식 ; 전 회 차는 443회 차다.

이 회 차의 당첨 숫자는 04-06-10-19-20-44이다. 이 숫자에서 두 번째 수인 06에서 04를 더한 10은 안 나온다.

내용 ; 11-13-23-35-43-45(444회 차 당첨숫자)

결과 ; 적중

4. 445회 차 추첨(2011. 06. 11)

수식 ; 전 회 차는 444회 차이다.

이 회 차의 당첨 숫자는 11-13-23-35-43-45이다. 이 숫자에서 두 번째 수인 13에 04를 더한 17은 안 나온다.

내용 ; 13-20-21-30-39-45(445회 차 당첨숫자)

결과 ; 적중

5. 446회 차 추첨(2011. 06. 18)

수식 ; 전 회 차는 445회 차이다.

이 회 차의 당첨숫자는 13-20-21-30-39-45이다. 이 숫자에서 두 번째 수인 20에 04를 더한 24는 안 나온다.

내용 ; 01-11-12-14-26-35(446회 차 당첨숫자)

결과 ; 적중

6. 447회 차 추첨(2011. 06. 25)

수식 ; 전 회 차는 446회 차다.

이 회 차의 당첨 숫자는 01-11-12-14-26-35이다. 이 숫자에서 두 번째 수인 11에 04를 더한 15는 나오지 않는다.

내용 ; 02-07-08-09-17-33(447회 차 당첨숫자)

결과 ; 적중

7. 448회 차 추첨(2011. 07. 02)

수식 ; 전 회 차는 447회 차다.

이 회 차의 당첨 숫자는 02-07-08-09-17-33이다. 이 숫자에서 두 번째 수인 07에 04를 더하면 11이다. 이 숫자는 나오지 않는다.

내용 ; 03-07-13-27-40-41(448회 차 당첨숫자)

결과 ; 적중

8. 449회 차 추첨(2011. 07. 09)

수식 ; 전 회 차는 448회 차다.

이 회 차의 당첨 숫자는 03-07-13-27-40-41이다. 여기에서 2번째 숫자인 07에 04를 더하면 11이다. 이 숫자는 나오지 않는다.

내용 ; 03-10-20-26-35-43(449회 차 당첨숫자)

결과 ; 적중

9. 450회 차 추첨(2011. 07.16)

수식 ; 전 회 차는 449회 차다.

이 회 차의 당첨 숫자는 03-10-20-26-35-43이다. 여기에서 2번째 숫자인 10에 04를 더하면 14이다. 이 숫자는 나오지 아니한다.

내용 ; 06-14-19-21-23-31(450회 차 당첨숫자)

결과 ; 적중

10. 451회 차 추첨(2011. 07. 23)

수식 ; 전 회 차는 450회 차이다.

이 회 차의 당첨 숫자는 06-14-19-21-23-31이다. 여기에서 두번째 숫자인 14에 04를 더하면 18이다. 이 숫자는 나오지 아니한다.

내용 ; 12-15-20-24-30-38(451회 차 당첨숫자)

결과 ; 적중

일등 로또 공략법

초판 인쇄 / 2013년 6월 20일

초판 발행 / 2013년 6월 25일

재판 발행 / 2016년 4월 20일

 3판 발행 / 2018년 1월 15일

지은이 / 여설하

편집디자인 / 이지혜

펴낸이 / 김용성

펴낸곳 / 지성문화사

등록 / 제 5-14호 (1976.10.21)

주소 / 서울시 동대문구 신설동 117-8 예일빌딩

전화 / 02)2236-0654 , 2233-5554

팩스 / 02)2236-0655 , 2236-2953